L'EXÉCUTEUR

LE CARROUSEL AUSTRALIEN

DON PENDLETON

L'EXÉCUTEUR

LE CARROUSEL
AUSTRALIEN

VAUGIRARD

CHAPITRE I

La fille était entrée depuis quelques minutes dans l'immeuble. C'était une grande et belle blonde avec beaucoup de classe, des jambes interminables, une gorge voluptueuse et un visage intelligent aux traits fins.

Mack Bolan avait observé minutieusement ses faits et gestes depuis sa Porsche dissimulée dans l'ombre. A l'aide de jumelles de nuit, il l'avait vue ouvrir une boîte à lettres dont elle avait retiré un peu de courrier et des prospectus. Puis l'ascenseur l'avait emmenée dans les étages et deux fenêtres s'étaient éclairées au septième.

Depuis une douzaine d'heures la jeune femme intriguait l'Exécuteur. Mieux : elle le fascinait. Mais ce n'étaient pas les formes voluptueuses de Linda Davies qui constituaient un attrait pour Bolan. Elle paraissait aussi s'intéresser de très près à la mafia.

La veille, dans la soirée, il l'avait repérée en train d'espionner des amici qui discutaient au bord de la piscine d'une villa qu'il surveillait lui-même. Une seconde fois — le matin même — elle avait opéré un manège semblable puis était allée sonner à la porte de la bâtisse où elle avait échangé quelques courtes phrases avec un occupant des lieux. Un peu plus tard, quittant l'endroit à bord d'une petite voiture de sport, elle avait été prise en chasse par un véhicule gris occupé par des hommes aux visages brutaux et dont le chauffeur s'était donné beaucoup de mal pour passer inaperçu.

Bolan, à son tour, avait filé le cortège et abouti à cet immeuble de la banlieue de Perth.

Linda Davies ne s'était apparemment aperçue de rien et la caisse suiveuse s'était ensuite fondue dans la circulation.

Bolan avait d'abord pensé à une journaliste à la recherche de sensationnel, puis à une éventuelle prostituée qui cherchait à se venger. Mais la fille n'était sûrement pas une prostituée, pas plus qu'une journaliste. L'Exécuteur en avait d'ailleurs eu confirmation en se renseignant discrètement auprès du concierge de l'immeuble.

L'excitante blonde n'était pas autre chose qu'un « médecin volant » et c'était plutôt curieux pour un membre du corps médical australien de se trouver mêlé à l'un des circuits pourris de la mafia italo-américaine.

Mais Mack Bolan était en ce moment à Perth, en Australie du sud-ouest, pas à New York ou à

Los Angeles. Et ce qui constituait un fait étrange, surtout, c'était la présence de gangsters américains de haut vol dans un pays à très faible densité de population, où la *Cosa Nostra* n'avait encore opéré aucune magouille, ni de près ni de loin.

L'Exécuteur était arrivé en Australie en suivant la trace d'un des ex-conseillers d'Augie Marinello Jr. Il avait pris le même avion que lui, ne l'avait plus lâché d'une semelle jusqu'à découvrir cette villa à l'amorce du « bush », qui constituait d'évidence un important relais pour la mafia. Il y avait aperçu des individus connus dans le Milieu et fichés par les flics américains comme étant des criminels. Il avait observé certains visages qu'il connaissait déjà, placé des noms sur la plupart d'entre eux, des pseudonymes, plutôt, énuméré mentalement leurs pedigrees.

Quelques jours avant son départ, il avait prêté attention à certains bruits qui circulaient en Californie au sujet d'une « terre promise » située dans le Pacifique sud. *On* parlait à mots couverts d'un grand projet qui allait permettre à la *Cosa Nostra* de redorer son blason défraîchi par le harcèlement des Fédéraux et par la guerre impitoyable que leur livrait Mack Bolan, le Fumier. Il avait entendu chuchoter les termes « carrousel australien »...

L'Exécuteur tenait à voir de ses propres yeux, à se renseigner sur place avec précision.

Et ce qu'il avait déjà aperçu le faisait grincer des dents. Mais il était loin de chez lui, sur un territoire qu'il n'avait jamais visité et dont il ne connaissait que quelques caractéristiques sommairement apprises dans des revues touristiques.

Aussi, la blonde Linda Davies représentait-elle à ses yeux un possible moyen d'en apprendre davantage sur ce que tramaient des amici si loin de leur base.

Et, s'il se fourvoyait, il serait temps de faire marche arrière, de présenter des excuses à la dame avant de s'éclipser sans faire de bruit.

Pourtant, il comprit bientôt que son instinct ne l'avait pas trompé. Au moment où il se préparait à quitter la Porsche pour entrer dans l'immeuble, un mouvement capta son attention.

La forme sombre d'un véhicule venait de déboucher d'un croisement et glissait sans bruit le long du pâté de maisons. Quelques secondes plus tard, la voiture s'arrêtait en retrait de l'immeuble où était entrée Linda Davies.

Bolan put observer trois silhouettes à l'intérieur de l'habitacle, trois hommes au gabarit imposant qui demeuraient parfaitement immobiles, comme dans l'attente d'un événement.

Il brancha un petit amplificateur acoustique fixé sur ses jumelles, les braqua vers la limousine et entendit aussitôt un bâillement puis une voix ennuyée :

— J'espère qu'ils vont se magner le cul. Il est déjà plus de 11 heures.

— Qu'est-ce qu'il y a, t'es pressé, Nick ? répliqua l'homme assis sur le siège-passager à l'avant.

— Merde ! J'avais une nana à sauter en ville. Si ça se trouve, c'est un autre gars qui se la coltine en ce moment.

— Une radasse ?

— T'y es pas, mec, c'est une fille de la bonne société, bien éduquée et tout. Je l'ai tellement chauffée qu'elle a attrapé le feu au cul et le premier qui passera à sa portée...

— Te frappe pas, repartit le conducteur. Comme on dit, une de paumée, dix de retrouvées.

A une distance d'environ quarante mètres, la réception se révélait parfaite. La nuit australienne était très chaude mais une brise légère commençait à se lever, rendant l'atmosphère plus respirable.

Dans la voiture, ce fut le silence durant une vingtaine de secondes, puis le truand assis à droite du chauffeur amena près de son visage un talky-walky dans lequel il lança :

— Willy ! C'est Lomax. Tu m'entends ?

— J'te reçois, nasilla l'appareil radio après un petit délai.

— Comment ça se passe ?

— La connasse paraît pas d'accord pour nous raconter son histoire. Ben et Mark sont en train de la convaincre.

— Bon, traînez pas. Si ça va pas assez vite, embarquez-la, on s'en occupera chez nous.

Ce fut tout. Le silence se réinstalla.

Dans l'obscurité, Bolan eut une imperceptible crispation. Il savait ce que « convaincre » signifiait dans la bouche puante d'un mafioso. Là-haut, au septième étage, la fille risquait sans aucun doute de passer un très, très sale moment.

C'était classique. Une première équipe de malfrats avait investi l'appartement de la jeune femme bien avant son arrivée, l'y avait attendue, tandis qu'un second groupe assurait une couverture à l'extérieur pour le cas où l'affaire ne se serait pas déroulée comme prévu. Une tactique quasi invariable en usage dans la mafia.

Déposant les jumelles sur le fauteuil passager, l'Exécuteur se glissa souplement hors de la voiture de sport dont il repoussa la portière avec précaution. S'acheminant vers l'angle droit de l'immeuble, il effectua un large détour à travers un petit square planté d'arbres.

Il était vêtu simplement d'un ensemble jean et chaussé de baskets qui ne faisaient aucun bruit sur la chaussée. Tout en marchant rapidement, il dégaina le sinistre Beretta 93-R qu'il portait sous son aisselle et vissa au bout du canon le gros cylindre d'un silencieux. En quelques secondes, il eut rejoint l'arrière du véhicule qu'il longea ensuite, son arme dissimulée le long de son corps. Puis il s'arrêta devant une vitre latérale baissée, plia un peu les jambes pour se placer à bonne hauteur et s'adressa aux occupants :

— Où en sont-ils, là-haut ?

— Ils s'occupent de la gonzesse, pas de problème, répondit automatiquement le chauffeur sans même réfléchir.

— Ta gueule ! grogna le passager à l'avant. Je t'ai pas demandé de répondre à ma place.

Puis, se tournant vers Bolan dont il essayait de distinguer les traits :

— Heu, il me semble pas vous avoir déjà vu. On se connaît ?

— Moi je te connais, Lomax. Tu n'as pas répondu à ma question.

Carlo désigna le chauffeur avec son pouce :

— Comme il vous l'a dit, ils font ce qu'il faut.

— Qu'est-ce que tu as comme couverture ?

L'autre émit un ricanement chevalin :

— C'est nous la couverture.

— T'en as pas marre ?

— Un peu, ouais. Je voudrais bien que ça soit terminé.

— Ça l'est, affirma Bolan en exhibant le Beretta silencieux qu'il pointa sur la tempe du truand.

Le crâne du chef d'équipe se disloqua dans un grincement d'os et un sang noir gicla dans l'habitacle.

— Putain! Mais qu'est-ce que..., éructa le chauffeur en se collant à son fauteuil.

Ses paroles précipitées lui rentrèrent dans la gorge sous l'infernale poussée d'une balle Parabellum de 9 mm et sa tête partit à la renverse. Entre-temps, le troisième occupant de la limousine avait projeté sa main vers le revolver qu'il portait à la ceinture, les yeux exorbités. Le Beretta toussa une troisième fois et la mort envahit le regard affolé.

Sans plus accorder d'attention aux trois cadavres, Bolan s'achemina vers l'entrée de l'immeuble. Celui-ci ne comportait aucun système de protection ni interphone et la loge du gardien était obscure. Il n'eut qu'à pousser la porte vitrée, traversa un petit hall faiblement éclairé et utilisa l'ascenseur pour monter au sixième étage. De là, il gagna à pied le septième, se tint un instant immobile contre une porte où figurait une carte de visite. « Linda Davies – Member of the Royal Flying Doctors », indiquait le bristol.

Aucun son ne lui parvenait à travers le battant. Inspectant rapidement le palier, il ouvrit une fenêtre qui donnait sur une cour intérieure. Une corniche courait tout le long de l'étage, suffisamment large pour le décider à emprunter ce passage au-dessus du vide. Une quinzaine de pas prudents l'amenèrent devant une fenêtre entrebâillée qui lui permit une large vision de la pièce où s'opérait l'interrogatoire.

C'était à peu de choses près ce qu'il s'était imaginé. La pièce était une chambre meublée avec beaucoup de goût, dans laquelle trois ordures de la *Cosa Nostra* se livraient à leur passe-temps favori. L'un d'eux était assis à califourchon sur une chaise et rigolait silencieusement, le corps agité de petits spasmes. Le second se tenait debout, appuyé contre un mur, une cigarette au bec et les mains dans les poches de son pantalon, observant d'un œil concupiscent ce que faisait le troisième. Ce dernier se tenait à genoux sur un grand lit, penché sur le corps entièrement dévêtu de la blonde dont le regard était rempli d'effroi.

La jeune femme était écartelée, des liens fixés aux quatre coins du lit lui étirant les poignets et les chevilles. On l'avait également bâillonnée avec une serviette et elle portait la trace d'un coup sur une joue. D'évidence, la « séance » ne faisait que commencer...

L'Exécuteur observa froidement la scène. Le mafioso penché sur Linda Davies avait entrepris de lui malaxer les seins avec ses grosses pognes tout en lui débitant des obscénités. Une grosse veine pulsait sur son cou.

— Pourquoi tu lui fais pas le grand jeu, Ben ? s'esclaffa le porte-flingue à califourchon sur sa chaise. J'commence à plus pouvoir tenir.

— T'inquiète, Dave ! Je vais l'exciter juste ce qu'il faut et après on va se la payer tous les trois. T'as compris, connasse ? On va s'amuser

15

avec toi jusqu'à ce qu'on puisse plus. Après, on appellera les copains qui sont en bas.

— Peut-être qu'elle aime ça !

— Ça m'étonnerait qu'elle apprécie mes câlins !

L'énorme patte velue se contracta violemment sur le sein offert. La jeune femme poussa un hurlement étouffé par le bâillon en se contortionnant vainement pour tenter d'échapper à la prise ignoble. Enfin, la brute relâcha son étreinte, commenta tandis que sa main glissait lentement vers le ventre de sa victime :

— C'est juste pour te donner un petit aperçu de ce qui t'attend, ma poulette. Ou tu causes tout de suite ou ça va devenir de plus en plus jouissif, j'te jure ! Si tu es d'accord, t'as qu'à hocher la tête. Tu piges ?

— Moi, j'ai pas tellement envie qu'elle jacte tout de suite ! ricana le tueur appuyé contre la cloison.

Bolan jugea qu'il était plus que temps d'intervenir. Il repoussa le battant vitré, sauta dans la chambre et fit feu immédiatement. Le mafioso adossé au mur encaissa deux ogives chuintantes, l'une dans la gorge, l'autre dans l'œil droit. Il s'affaissa sans un cri, laissant derrière lui une large traînée de sang. L'Exécuteur caressa une nouvelle fois la détente en direction de Dave qui quitta involontairement sa chaise et partit à la renverse, les quatre fers en l'air et le visage en bouillie.

Ben, lui, ne semblait pas avoir encore pigé la situation, tout affairé qu'il était sur le lit. Il eut pourtant l'intuition du danger et se retourna vivement, la mine ahurie, à temps pour qu'une balle lui traverse le nez et lui fasse péter l'arrière du crâne.

Bolan repoussa le corps du mafioso qui avait arrosé de son sang les draps et les couvertures. Il utilisa son poignard de combat pour couper les liens de la fille, lui ôta ensuite son bâillon. Aussitôt, elle ouvrit la bouche pour hurler et il dut lui plaquer une main sur les lèvres.

— Calmez-vous, c'est fini.

Mais elle roulait des yeux terrorisés, au bord de la crise de nerfs.

— Reprenez-vous, bon Dieu! gronda Bolan.

Elle le fixa d'un regard encore craintif, battit deux fois des paupières, et il retira sa main. Elle se redressa sur les coudes, fit entendre un petit gémissement en voyant le sang qui lui maculait le ventre et les cuisses.

— Ce n'est pas le vôtre, lui dit-il pour la rassurer. Vous n'avez rien.

La saisissant sous les bras, il l'aida à se lever et à marcher jusqu'à la salle de bains dont la porte était grande ouverte.

— Passez-vous sous la douche, conseilla-t-il avant de la laisser pour retourner dans la chambre.

Il fouilla rapidement les cadavres des trois mafiosi mais, ainsi qu'il s'y était attendu, ne découvrit sur eux rien qui pût l'intéresser, à part des papiers d'identité trop neufs et qui étaient vraisemblablement bidon. Quand il retourna dans la salle d'eau, il retrouva Linda Davies toujours couverte de sang. Elle se tenait debout, immobile, le visage blême, les lèvres tremblantes, et le regardait sans paraître le voir.

Il dut la porter dans la cabine de douche où il ouvrit le robinet en grand et s'occupa d'elle comme on le fait avec un enfant, la passant sous le jet. Ensuite il la sécha avec une grande serviette et la frictionna.

Enfin, son regard s'anima. Elle réussit même à lui adresser un petit sourire reconnaissant puis parut prendre conscience qu'elle était nue et eut le réflexe de placer ses mains devant son ventre.

— Vous savez, je viens de vous laver comme un bébé, lui dit-il dans un sourire.

— Je suis stupide, n'est-ce pas? articula-t-elle en s'efforçant d'affermir sa voix.

— Pas du tout. Encore un peu en état de choc mais ça va passer. Habillez-vous rapidement, nous partons.

— Pourquoi partir?

— Vous préférez rester en compagnie de ces cadavres?

Faisant quelques pas, elle déboucha dans la chambre et laissa fuser une exclamation.

— Mon Dieu! C'est...

— Ne vous occupez pas d'eux. Dépêchez-vous, leurs copains ne manqueront sûrement pas de venir aux nouvelles. Vous êtes en sursis.

Elle hocha gravement la tête. Négligeant les vêtements qu'on lui avait arrachés et étalés un peu partout sur la moquette, elle alla ouvrir un placard. Tandis qu'elle en sortait de quoi s'habiller, Bolan la contempla tout en réfléchissant aux implications de ce qui venait de se passer.

Linda Davies était d'une beauté étourdissante. C'était un ravissement de s'attacher aux courbes de sa poitrine ferme et haut perchée, au galbe parfait de ses hanches en amphore, de ses longues jambes à la peau délicate et harmonieusement bronzée. En plus, il se dégageait d'elle une féminité subtile mais sans la moindre équivoque. C'était une femme dans toute sa splendeur et qui, en plus, ne manquait sûrement pas de cervelle.

Il dut détourner les yeux du spectacle qu'elle lui offrait pour se concentrer sur la situation. Ainsi qu'il le lui avait dit, ceux qui avaient commandité l'expédition mafieuse allaient sans doute vouloir se tenir au courant, au besoin activer les événements.

La mafia ne s'était évidemment pas implantée en Australie pour y monter d'honnêtes commerces. Sûr que les amici avaient de gros projets en tête, et cela recoupait ce que Bolan avait entendu sur le continent américain.

Il ne s'était donc pas trompé en pensant que la blonde Linda avait eu connaissance de faits dont la révélation pouvait mettre en péril la racaille mafieuse et leurs nouveaux projets.

Subitement, une voix d'homme crépita dans le talky-walky posé sur un guéridon :

— Ben ? C'est Max... Réponds !

L'Exécuteur saisit l'appareil, répliqua en imitant les intonations de Ben les grosses pognes :

— Ouais, j't'écoute.

— Où en êtes-vous ?

— On est en plein boulot. Ça vient.

— Dis... J'arrive pas à contacter l'équipe de Lomax, ils ne répondent pas.

Lomax devait être le chef du petit groupe de couverture que Bolan avait liquidé dans la limousine.

— Peut-être qu'ils pioncent, ricana-t-il. Ici, on n'a pas besoin d'eux.

— J't'en foutrai ! Bon, on arrive.

— Nous bousillez pas le travail, hein ! grinça Bolan qui accrocha ensuite le transceiver à sa ceinture.

Puis, se tournant vers la fille :

— On y va. Vous êtes prête ?

Elle venait de finir de s'habiller. Elle était vêtue à peu près comme Bolan, d'un jean, d'une chemisette sport, et avait chaussé des baskets. La bretelle d'une petite sacoche en cuir était suspendue à son épaule.

— Prête. Je crois comprendre que les ennuis risquent de recommencer.

Elle semblait avoir repris complètement ses esprits.

— Si nous traînons, oui. Existe-t-il une issue de service?

— Sur le palier. Nous déboucherons dans la cour.

Il la suivit jusqu'à la porte de l'appartement, passa devant elle pour inspecter le palier qui était calme et silencieux.

— Montrez-moi le chemin, lui dit-il.

Empruntant un escalier secondaire, ils atterrirent bientôt dans une cour obscure. Dérangeant plusieurs chats affairés à vider le contenu d'une poubelle, ils franchirent un porche et se retrouvèrent à l'amorce d'une rue, derrière l'immeuble.

Ce fut à cet instant précis que Bolan entendit le ronflement d'un moteur puis un crissement de pneus malmenés. Il eut tout de suite conscience du nouveau danger. La mafia avait fait intervenir une double couverture. Un renfort supplémentaire chargé de prendre le relais en cas de coup dur.

Le ronflement mécanique cessa d'un coup pour reprendre après quelques secondes, entrecoupé d'un claquement de portières. Les nouveaux arrivants avaient sans aucun doute découvert les trois cadavres dans la limousine et lâchaient des hommes à intervalles réguliers dans le but évident d'encercler l'immeuble.

Il n'était plus question de s'éclipser en douce.

Tout en changeant le chargeur du Beretta, Bolan songea brièvement que l'aventure prenait une bien curieuse tournure. Autant de monde pour s'occuper d'une fille seule... Il fallait que l'affaire soit sacrément importante !

CHAPITRE II

Assis à l'avant de la longue limousine. Max Arrighi avait les yeux exorbités et scrutait la chaussée ténébreuse avec fureur.

— Ralentis! grogna-t-il à l'attention du chauffeur qui s'excitait sur la pédale d'accélérateur. Faut pas donner l'alerte à ces fumiers.

Billy Steve releva le pied et laissa tomber la vitesse de la gigantesque Lincoln Continental à 15 km/h.

— T'énerve pas, Max, ils sont sur leur garde, là-haut. Et c'est pas des débutants.

— Fous-moi la paix, Billy! Y a mon frangin dans cette putain de baraque. Et d'après ce que j'ai vu, ces mecs sont pas des rigolos non plus. Ils ont bousillé l'équipe de protection sans même que ces pauvres gars aient une chance de se défendre.

Le long véhicule tourna à angle droit pour longer l'immeuble par l'arrière, s'arrêta un peu plus loin dans un chuintement de pneus.

— Qui te dit qu'ils sont plusieurs mecs? fit Billy Steve d'un ton ambigu.

— Pour faire un tel massacre?

— Y a un certain fumier qu'est capable de faire ça tout seul. Tu vois qui je veux dire?

— Tu veux parler de...

— Ouais. La combinaison noire. Les trois gars ont pris les dragées en plein dans la tronche, c'est sa manière de buter les gus, à cet endoffé.

— Bolan est loin d'ici, rétorqua Max Arrighi.

— Tu sais bien qu'il se déplace constamment.

— Mais qu'est-ce que tu voudrais qu'il vienne foutre ici?

Un silence s'installa pour un instant.

— Tu devrais les rappeler, là-haut, conseilla finalement le chauffeur.

Max Arrighi haussa les épaules, appuya sur la touche d'émission de son transceiver :

— Ben, t'es là? C'est Max...

L'appareil resta muet.

— Ben, Mark, Willy!... insista Arrighi. Qu'est-ce que vous foutez, putain de merde?

Cette fois, il y eut un souffle dans le transceiver et une voix étouffée fit doucement vibrer le petit haut-parleur :

— Crie pas comme ça... On est dans un mauvais cas, ici.

— Quoi? chuinta Arrighi. J'peux savoir ce qui se passe?

— Faut que vous veniez en renfort. Y a des gus plein l'immeuble et on est bloqué.

— Merde! Décris-nous le topo...

— Dans les étages. Six ou sept, je crois. Tu peux les prendre à revers?

— On va essayer.

— Envoie tes gars par-derrière et magne-toi, on pourra pas tenir longtemps.

— O.K., O.K. Flippez pas! répliqua Max Arrighi.

Il se ménagea deux secondes de réflexion en pensant aux *soldati* qu'il avait placés en cordon autour de l'immeuble. Il les appela :

— Teddy! Regroupe tes hommes et arrive par-derrière. On sait comment coincer les salauds.

Il reçut un accusé de réception et dégaina son revolver, un .38 nickelé à canon court dont il fit tourner le barillet. Puis, avec un rictus de satisfaction, il attendit l'arrivée de sa troupe. Sept hommes qui étaient tous d'ex-GIs bien entraînés et aussi féroces que des lions. Il aperçut le premier qui se faufilait le long d'un immeuble, de l'autre côté de la rue, puis deux autres qui couraient silencieusement, à peine visibles dans l'ombre. Le reste de l'équipe survint à quelques secondes d'intervalle, progressant de la même façon.

Max Arrighi était fier de ses gars. Sa force de frappe, ainsi qu'il en parlait parfois à Tony, le boss. Il avait encore treize autres *soldati* à sa disposition, qu'il avait lui-même formés en trois mois. Des types bien, rapides, efficaces et sur lesquels il pouvait compter sans restriction.

Il distingua la silhouette longiforme de Teddy qui s'était arrêté contre la façade de l'immeuble.

— Le porche! indiqua-t-il dans la radio. Fais passer tes hommes et qu'ils se couvrent mutuellement.

Il vit le chef d'équipe faire un mouvement circulaire avec son bras et deux hommes s'infiltrèrent dans l'ouverture sombre, progressant par bonds. Deux autres *soldati* occupèrent aussitôt leur ancienne position. Mais, subitement, Arrighi eut l'impression qu'une des deux silhouettes tombait à genoux tandis que l'autre faisait des gestes désordonnés. Puis il les vit carrément se coucher au sol où ils demeurèrent inertes.

— Qu'est-ce qui se passe, Teddy? cracha-t-il dans son transceiver.

La voix de son chef d'équipe lui arriva tout de suite, modulée par la colère et une nuance de panique :

— On s'est fait blouser, Max! Y doit y avoir des gars embusqués dans cette putain de cour!

— Va voir!

— T'es dingue? Bud et Sammy en ont déjà pris plein la gueule en sourdine et ils pissent le sang de partout. Je ne sais même pas ce que sont devenus mes deux éclaireurs.

— Me parle pas comme ça, Teddy. Fais ton boulot!

— Oui, mais je...

La phrase fut coupée net par deux détonations

qui retentirent comme une profanation dans le silence de la nuit. Tout de suite après, il y eut une longue rafale tirée par un pistolet-mitrailleur.

— Foncez! hurla Max Arrighi dans la radio. Foncez, nom de Dieu! Foutez-moi ces enfoirés en l'air!

Bolan avait écouté les brefs échanges radio à travers le talky-walky et il avait immédiatement décidé de tirer parti de la situation périlleuse.

— Rentrez dans l'immeuble! avait-il ordonné à Linda Davies.

La jeune femme n'avait pas discuté et s'était éclipsée aussitôt par la porte de service qu'ils avaient franchie quelques secondes auparavant. Presque tout de suite après, il y avait eu l'appel de « Max » à qui il avait donné le change d'une voix couverte. Jusque-là, ça collait, il avait quelques chances de s'en sortir. Il se trouvait dans une cour obscure mais ses yeux s'étaient habitués aux ténèbres.

Dissimulé dans l'ombre, il se mit à attendre que le troupeau d'amici investisse les lieux. A travers l'ouverture du porche, il en vit d'abord deux qui approchaient suivant une trajectoire discontinue, évoluant par saccades, silhouettes fugaces qui ne laissaient aucune possibilité de les prendre à temps dans une ligne de visée.

Bolan admira la technique des assaillants. C'étaient à n'en pas douter des adversaires redoutables, mais ceux-ci ne pouvaient prévoir que leur gibier était si près d'eux et qu'il s'était déjà transformé en chasseur. Disciplinés, ils obéissaient aux ordres sans faire preuve d'imagination. C'était sur cela que comptait l'Exécuteur.

Il laissa les deux mafiosi déboucher dans la cour, leur permit de faire quelques pas méfiants en direction de l'entrée secondaire, puis les abattit de deux balles rigoureusement silencieuses.

Un appel chuchoté lui parvint de l'autre côté du porche, auquel il répondit par un grognement. Mais les deux buteurs qu'il apercevait maintenant se méfiaient. Peut-être étaient-ils convenus d'un code pour correspondre durant leur avance. En tout cas, ils se tenaient immobiles sur le trottoir et ne donnaient pas l'impression de vouloir bouger.

Avec un silencieux réellement efficace comme celui qu'utilisait l'Exécuteur, le tir devient imprécis à plus de dix mètres. Aussi dut-il s'approcher d'eux pour être sûr de son coup. A genoux, tapi dans un décroché de la cour, il les ajusta posément et caressa la détente du Beretta qui vomit une pastille brûlante en direction du mafioso le plus proche, doubla en alignant son copain. Il eut un bref rictus de satisfaction en voyant ses cibles gigoter un court instant avant de se coucher sur le trottoir.

Et puis, le talky-walky accroché à sa ceinture avait nasillé en sourdine :

— Qu'est-ce qui se passe, Teddy ?

— On s'est fait blouser, Max ! Y doit y avoir des gars embusqués dans cette putain de cour !

— Va voir!

— T'es dingue? Bud et Sammy en ont déjà pris plein la gueule...

Bolan n'avait pas écouté la suite. Il s'était déjà lancé vers l'un des premiers hommes abattus qu'il transporta jusqu'à un container à ordures contre lequel il l'appuya. Puis il récupéra le pistolet du cadavre et lâcha deux coups de feu vers la rue. L'instant d'après, alors qu'un adversaire invisible faisait crachoter un pistolet-mitrailleur, il bondit pour accrocher le faîte d'un mur de séparation avec la cour d'un immeuble mitoyen. Il se reçut en souplesse de l'autre côté, franchit un nouveau mur et déboucha sur un petit terrain vague bordé par la rue.

Deux silhouettes étaient visibles à une quarantaine de mètres de là. Les types tiraillaient par rafales sur la position qu'il avait quittée, tandis qu'un troisième s'égosillait dans un talky-walky. Malgré le vacarme des détonations, Bolan perçut les phrases précipitées que débitait son propre appareil radio :

— ... ouais, mais on sait pas combien ils sont! Faut se replier, Max!

— Ta gueule! Continue le tir de barrage. Tu vois pas que ces gus sont piégés comme des rats?

— Piégés, mon cul! On n'est plus que trois, Max!...

Il y avait des intonations de panique dans la première voix entendue. Bolan chercha où pouvait se tenir celui qui donnait la réplique. Il le découvrit en ombre chinoise dans une Lincoln à l'arrêt contre le trottoir, trente mètres plus loin, et dont une vitre fumée était abaissée. C'était un gros type assis à côté d'un chauffeur qui apparaissait malingre par comparaison. Bolan localisa aussi l'homme qui conseillait par radio de se replier et qui s'était embusqué derrière le capot d'un véhicule en stationnement.

Afin d'obtenir un tir précis, il ôta le silencieux de son arme qu'il braqua en direction du tueur le plus proche. Jambes légèrement fléchies, les deux mains serrées autour de la crosse du Beretta, il attendit le moment propice. Deux secondes suffirent. Chargeurs vides, les pistolets-mitrailleurs cessèrent presque simultanément leur staccato. Une très légère pression sur la détente de l'arme produisit un aboiement bref et une ogive blindée de 9 mm fila vers sa cible, cueillit le tueur en pleine poitrine et l'envoya valdinguer dans le sang des cadavres étalés sur le trottoir.

Son comparse prit la balle suivante dans l'épaule alors qu'il plaçait un nouveau chargeur sous la culasse de son P-M. Mauvais tir, maugréa Bolan qui rectifia aussitôt et fit péter la tête du porte-flingue. Dans la demi-seconde qui suivit, plusieurs projectiles sifflèrent à ses oreilles, l'un d'eux passant si près qu'il eut la sensation d'une brûlure. L'homme au talky-walky l'avait repéré et le mitraillait avec un pistolet de gros calibre. Il se laissa tomber, fit un roulé-boulé qui le propulsa à trois mètres et reprit sa ligne de visée, un genou à terre. Mais l'autre était lui aussi bien entraîné. Il avait lui aussi changé de position et, avant que Bolan puisse le repérer à la lueur de ses coups de feu, il entendit le bruit d'un gros moteur emballé dans la rue. L'énorme caisse bardée de chromes s'ébranlait vivement, accrochant dans un grincement effroyable l'aile arrière d'un véhicule en stationnement. Par un automatisme, le chauffeur alluma ses phares qui inondèrent la chaussée d'une lumière crue. Et ce fut ce qui permit à l'Exécuteur de réaliser un dernier carton.

Une silhouette en pleine course apparut dans le faisceau lumineux : le rescapé de la fusillade qui avait manifestement l'intention de se faire récupérer au passage. Il était rapide, mais pas suffisamment pour l'œil exercé de Bolan qui tira d'instinct trois balles infiniment plus rapides. Le type se cassa en deux, accomplit encore quelques pas maladroits avant de s'affaler et de bouler comme un lapin. Lancée en pleine accélération, la Lincoln lui passa sur le corps, rebondissant à peine au passage des roues.

Bolan abaissa le Beretta. Inutile de gaspiller des munitions, la limousine était à présent trop éloignée et bénéficiait sans doute d'un blindage efficace.

Il aurait préféré s'assurer de la personne du gros mafioso aperçu sur le siège avant, ledit Max, et l'asticoter pour l'obliger à parler. Mais ce n'était que partie remise. A en juger par le déploiement de force auquel il avait assisté, la Mafia s'était implantée massivement dans le secteur de Perth. Il trouverait donc bien sur sa trajectoire un pion suffisamment important pour combler ses lacunes. Et il comptait aussi sur Linda Davies.

Il la retrouva dans le hall de l'immeuble. Elle s'était dissimulée derrière la porte donnant accès à la cave et n'en sortit qu'avec méfiance, le visage un peu décoloré.

— C'est terminé, l'informa-t-il d'une voix sans intonation, encore tendu par son combat.

Elle lui répondit de la même façon, avec un détachement bizarre :

— Ça fait deux fois que vous me le dites. Je ne sais plus tellement où j'en suis.

— Aucune importance, Linda. On se retrouve toujours au bout du compte.

— J'espère. Vous m'avez appelée Linda... Vous me connaissez ?

Bolan l'entraîna vers la porte vitrée du bâtiment.

— Est-ce que vous me connaissez ? insista-t-elle.

— Je m'intéresse à vous.

— Ah oui ? Ne me dites pas que je vous ai tapé dans l'œil !

— Si. Terriblement.

Il lui jeta un regard latéral, eut un bref sourire qui ne s'adressait qu'à lui-même. Depuis qu'il la surveillait, il s'étonnait de la pureté de ses traits, de l'innocence apparente qui émanait d'elle mais, à n'en pas douter, cette fille possédait un caractère hors du commun.

Il ajouta :

— Je vous observe depuis une douzaine d'heures et ce que j'ai vu est plutôt intéressant.

— Ne me dites pas que vous êtes un obsédé sexuel, parvint-elle à plaisanter.

Ils débouchèrent dans la large rue et Bolan marcha à grands pas vers la Porsche garée une cinquantaine de mètres plus loin, la fille trottinant à côté de lui.

D'un coup, elle s'arrêta.

— Qui êtes-vous et où m'emmenez-vous ?

Il se retourna, l'attrapa par un bras et la força gentiment à le suivre.

— Je ne suis pas votre ennemi.

— Je voudrais vous croire.

Il lui ouvrit la portière droite du véhicule puis se mit au volant et lança le moteur.

— Qui êtes-vous ? insista-t-elle en soupirant. Un policier, un agent secret ?

— Rien de tout ça. Je m'appelle Mack Bolan.

— Est-ce que ça doit signifier quelque chose pour moi ?

— Si nous étions aux Etats-Unis, certainement.

L'observant en biais dans la pénombre du véhicule en marche, elle enchaîna :

— Donc, vous êtes américain. Et les gangsters

33

qui m'attendaient dans mon appartement sont également américains.

— Exact. Ajoutez à ça qu'ils sont aussi des mafiosi et vous aurez tout compris.

— Des... Vous voulez dire...

— Exactement ce que j'ai dit.

Ils roulaient maintenant dans Delawney Street. Elle ouvrit de grands yeux et son visage prit une expression angoissée.

— Attendez... Ne seriez-vous pas ce personnage qui passe son temps à tuer ceux qu'il considère comme des criminels, un criminel lui-même ? Un assassin...

Bolan ne répondit pas tout de suite. Pêchant une cigarette dans le vide-poches, il fit claquer un briquet puis tendit le paquet à la jeune femme.

— Je ne fume pas, annonça-t-elle sèchement. Vous n'avez jamais entendu parler des méfaits du tabac ?

— Il faut bien mourir un jour.

— C'est stupide.

— Mourir n'a rien de stupide. C'est un acte grave auquel on doit être prêt à chaque instant de la vie. Vous en avez eu un petit aperçu tout à l'heure.

Après avoir traversé Wembley en suivant Grantham Street, Bolan piqua sur Leederville où il avait loué un studio.

— A propos de mourir, que vous voulaient ces tueurs, tout à l'heure ?

34

— Ces salauds ne voulaient pas me tuer mais m'obliger à leur dire certaines choses.

— N'en croyez rien. Ils se seraient d'abord amusés avec vous de la manière la plus cruelle et la plus ignoble qui soit. Vous auriez fini par leur dire tout ce qu'ils voulaient entendre et même plus. Ensuite ils se seraient débarrassés de vous. Ces gens ne laissent jamais de témoins derrière eux.

Elle frissonna puis demanda :

— Et vous, n'êtes-vous pas comme eux ? Il me semble avoir entendu dire que vous utilisez des méthodes encore plus violentes que les leurs.

— Plus expéditives.

— Il existe des lois. Chaque pays a les siennes.

— Les amici n'en reconnaissent aucune. Qu'est-ce que vous savez de si important sur la mafia pour qu'ils vous envoient la gestapo ?

— Je ne vois pas pourquoi je vous le dirais. Je n'ai pas du tout envie que vous vous serviez de mes informations pour provoquer une effusion de sang.

— Avec ou sans votre aide, je trouverai ce qui m'intéresse, même si je dois mettre un peu plus de temps. Cette racaille est en train d'envahir votre pays, Linda. Imaginez-vous ce qui va se passer si je ne parviens pas à les stopper ?

Elle eut un petit gloussement désabusé :

— Parce que vous envisagez de les combattre tout seul ? Si ce que vous dites est vrai, vous n'avez aucune chance devant ces gangsters. Rambo, c'est du cinéma, pas la réalité.

— Je ne compte jamais sur la chance et je vis la réalité avec un maximum de lucidité. Le gouvernement américain a dépensé une fortune pour assurer ma formation durant la guerre du Viêtnam. On m'a appris à tuer de toutes les manières, à me rendre invisible au milieu des lignes ennemies, à détruire des objectifs, à intoxiquer l'adversaire, et aussi à survivre dans les pires conditions. Je ne vous dis pas cela par forfanterie, mais pour que vous compreniez ce que je fais. Je suis en guerre.

Un petit soupir agacé souleva la belle poitrine de Linda Davies.

— Et moi je suis médecin. Mon rôle est de sauver des vies, pas de les anéantir.

— Pensez de moi ce que vous voulez mais examinez sérieusement la situation.

Il laissa passer un silence avant de questionner d'une voix glacée :

— Où dois-je vous déposer ?

— Où m'emmenez-vous ? rétorqua-t-elle du tac au tac.

— Chez moi si vous êtes d'accord. Je ne suis pas un obsédé sexuel et je pense que vous y serez plus en sécurité que n'importe où ailleurs dans cette ville. Je vous l'ai dit, vous êtes en sursis. Ils continueront à vous chercher et il vous trouveront. Faites un choix, mais vite.

Il fit tourner la Porsche dans Howe Street, vers le sud. Son studio n'était plus qu'à cinq, six kilomètres. Le silence s'installa dans l'habitacle pendant une longue minute, puis Linda Davies annonça d'une voix un peu rauque :

— Va pour votre proposition. J'espère que je n'aurai pas trop à le regretter.

CHAPITRE III

— Ça manque totalement de chaleur humaine, fit-elle remarquer en tournant sur elle-même pour examiner le petit appartement.

Bolan n'avait allumé qu'une lampe de chevet qui diffusait une lumière tamisée dans le living.

— Ce n'est qu'un lieu de passage, répliqua-t-il en ouvrant un petit bar mural dont il sortit une bouteille de Johnny Walker et un verre.

— Ça se voit.

Il posa le verre sur une table basse, le remplit modérément tandis que la jeune femme s'asseyait sur le canapé.

— Allez-vous me parler des ravages de l'alcool sur l'organisme ?

Elle lui fit une petite moue.

— Je ne suis pas une sainte. Et je crois que j'ai grand besoin d'un remontant. Au fait, merci...

— De quoi ?

— Oh ! De rien... De m'avoir sauvé la vie par exemple.

Bolan haussa imperceptiblement les épaules. Il ne voulait surtout pas se laisser aller à ce genre de discussion. Ce qui importait avant tout, c'étaient les renseignements qu'elle pouvait lui fournir. Pourtant, tout au fond de lui-même, il se sentait troublé par cette fille étonnante qui lui paraissait comme un mélange d'intense féminité et d'innocence, de fragilité et de force de caractère. Tout au long du trajet, déjà, il n'avait pu s'empêcher d'éprouver un bizarre sentiment. C'était un peu comme s'il avait déjà rencontré cette fille dans le passé, l'avait perdue de vue pour se souvenir d'elle par bribes. Une curieuse impression de déjà vécu, alors que toutes ses pensées auraient dû être accaparées par l'action qu'il avait commencée. Refoulant son trouble, il maugréa :

— Vous ne me devez rien. Vous vous êtes simplement trouvée sur ma route.

Les yeux baissés, elle but une petite gorgée d'alcool et rétorqua :

— Ayez de la gratitude et faites-vous rembarrer. Merci quand même, et c'est sincère... Vous ne m'accompagnez pas? ajouta-t-elle en désignant le verre d'alcool.

— Non, merci. Pour quelle raison les amici vous témoignent-ils tant d'attention?

— Pourquoi dites-vous les amici?

— Parce que c'est de cette façon qu'ils s'appellent entre eux. Les amis. Les amis des amis. Qu'avez-vous vu ou fait qui puisse les exciter à ce point?

— C'est la question que je me pose depuis tout à l'heure. En fait, je n'ai pas vu ce que je m'attendais à voir.

— Soyez plus précise. Résumez la situation.

— O.K. Je suis ce qu'on appelle un médecin volant, et je visite mes malades sur un territoire compris entre York, Lake Moore et Kalgoorlie.

— Une zone plutôt aride.

— C'est le bush. Le désert, la savane et parfois un peu de forêt.

— Quelques milliers de kilomètres carrés... Vous couvrez ça toute seule?

— Evidemment. Ça n'a rien d'une prouesse. J'ai à ma disposition un Piper Warrior qui me permet de me déplacer rapidement d'un point à un autre sur ce territoire. Et c'est dans le secteur de Kalgoorlie qu'il y a eu une anomalie. Avez-vous entendu parler de Kalgoorlie?

— C'est un ancien village de chercheurs d'or?

— Exact. Le plus ancien et le plus célèbre. On y compte encore une quinzaine de milliers d'habitants et il y a toujours beaucoup de monde à creuser la terre pour y chercher des pépites. Kalgoorlie fait partie de ce que l'on nomme ici les « gold fields ». Dès 1890, au moment de la ruée vers l'or, des dizaines et des dizaines de ces villages sont sortis du sol. La plupart sont abandonnés depuis longtemps mais on y trouve parfois des gens qui s'y sont incrustés, par nostalgie du passé ou parce qu'ils y ont trouvé une possibilité de survie.

La jeune femme s'interrompit un instant, le regard distraitement dirigé vers le paquet de cigarettes que Bolan avait posé sur la table.

— Mais ce n'est pas précisément de Kalgoorlie que je veux vous parler, reprit-elle. A une soixantaine de kilomètres au nord-ouest existe un petit village d'anciens « diggers » où vivait encore une famille de six personnes. L'endroit se nomme Bonnie Downs. Des gens simples qui s'étaient accrochés à cet endroit et qui trouvaient encore de temps en temps quelques grammes d'or. J'allais les voir régulièrement tous les quinze jours. La dernière fois que je me suis posée là-bas avec mon appareil, ils n'y étaient plus. Je les ai cherchés partout, j'ai même survolé un large périmètre autour de Bonnie Downs, pensant qu'ils pouvaient être en difficulté avec leur voiture dans le bush. Mais rien. Pas une seule trace d'eux. Leur véhicule avait disparu également.

Elle but une nouvelle gorgée d'alcool puis repoussa le verre loin d'elle.

— En revanche... lorsque j'ai atterri de nouveau près du village, j'ai vu que deux voitures étaient garées dans la rue principale. Une grosse conduite intérieure et une jeep. Mais toujours aucune présence humaine. J'ai d'abord eu l'idée de chercher à qui pouvaient appartenir ces véhicules, puis je me suis dit que c'était inquiétant et me suis contentée de noter les numéros des plaques. Ce n'est qu'après avoir redécollé que j'ai aperçu un groupe d'hommes à l'extrémité du village. C'était... comme s'ils étaient sortis de terre, ou comme s'ils s'étaient cachés à mon arrivée.

— Combien étaient-ils?

— Huit. L'un d'eux a observé mon appareil avec des jumelles. Je suis allée prévenir les policiers, à Kalgoorlie. Ils m'ont dit qu'ils allaient faire une enquête, mais j'étais sûre qu'ils ne donneraient pas suite. Voilà pourquoi j'ai essayé par moi-même de savoir qui étaient ces gens.

— Comment avez-vous abouti à cette villa, près de Hamersley?

— Grâce aux plaques minéralogiques. J'ai pu obtenir les noms et adresses des propriétaires à la préfecture de Perth où j'ai une amie. Officiellement, il s'agit de gens tout à fait convenables, l'un d'eux est un Américain bénéficiant d'un permis de séjour parfaitement en règle.

Bolan retint un sourire ironique.

— Et cela remonte à quand?

— Vous le savez bien, puisque vous m'avez espionnée.

— Je parle de votre visite dans ce village.

— Trois jours.

— Etes-vous retournée sur place depuis votre première visite?

— Oui. Hier matin. Mais il n'y avait plus rien à voir. Ni hommes ni véhicules. Par contre, en survolant Remlap sur le chemin du retour, j'ai pu apercevoir un rassemblement d'au moins une quinzaine de personnes qui n'avaient rien à voir avec des touristes. Remlap est un village complètement abandonné depuis les années soixante.

— Qu'est-ce qui vous a fait croire que c'était louche ?

— Ils étaient armés. Ils ont essayé de cacher leur arsenal quand j'ai ensuite fait un passage à basse altitude, mais j'ai bien vu qu'ils transportaient des fusils et des mitraillettes. Des caisses, aussi, qu'ils déchargeaient d'un avion bimoteur. Je n'ai pas insisté, j'ai remis tout de suite les gaz.

— Où était garé ce bimoteur ?

— Cela a une importance ?

— J'essaie de comprendre. Y a-t-il des pistes d'atterrissage qui desservent ces villages ?

— Vous plaisantez ? On se pose comme on peut en pleine nature, dans la caillasse. Là-bas, ce n'est pas trop difficile, le sol est plat. Mais pour répondre à votre question, l'appareil avait roulé jusque très près des premières maisons, derrière un ancien saloon encore à peu près en état.

Elle fit une petite grimace quand Bolan alluma une cigarette, reprit :

— Au premier passage, j'ai pensé un instant à un groupe de prospecteurs. Il en débarque parfois qui viennent gratter la terre, certains réussissent à extraire encore de l'or à partir du

43

quartz rose, mais ce n'est sûrement pas le cas. Ces gens ne ressemblaient pas à des chercheurs d'or amateurs. Ce n'étaient pas des soldats non plus. Ils semblaient organisés, mais ils étaient vêtus n'importe comment, en jeans, en shorts ou torse nu. Voilà, c'est tout. Vous connaissez la suite.

— Savez-vous qui est le type qui vous a ouvert la porte de cette villa, à Hamersley ?

— Vous m'avez espionnée à ce point ?

— Répondez.

— Pour moi, il se nomme David Bradley. C'est ce qui a été enregistré à la préfecture de Perth.

— Son vrai nom est David Scapelli et c'est un tueur qui a une bonne trentaine de victimes à son actif. Ajoutez à ça qu'il a contrôlé un trafic de traite des Blanches durant les cinq dernières années et vous aurez fait le tour du personnage. Les autres que j'ai aperçus près de la piscine sont du même acabit. Que lui avez-vous demandé ?

Lorsqu'il avait observé Linda Davies à Hamersley, Bolan s'était trouvé trop loin d'elle pour que son système d'écoute directionnel lui permette d'entendre le bref dialogue.

— Je lui ai dit que je cherchais une amie qui m'avait donné cette adresse. Il a d'abord paru surpris puis il m'a proposé d'entrer pour téléphoner dans le voisinage.

— Si vous aviez accepté, vous ne seriez jamais ressortie de cette maison.

Pendant un court instant les yeux de la fille furent traversés par une lueur d'angoisse rétrospective. Elle secoua la tête.

— Je ne suis pas inconsciente à ce point. Je voulais seulement voir qui étaient ces gens et essayer de comprendre ce qu'ils font.

— Sûrement pas de la recherche minière.

— Et pourtant ils ont obtenu une licence au Bureau des mines de Kalgoorlie. Je me suis renseignée.

— Obtenu... par magouille?

— Pas du tout. N'importe qui peut se faire délivrer un Miner's Right. Ça se passe en dix minutes et ça ne coûte que dix dollars pour une durée illimitée. C'est une loi instituée depuis le début de la ruée vers l'Ouest australien et qui est toujours en vigueur. Ça permet aux gold fields de conserver l'auréole du passé, et les touristes en sont très friands.

Elle se tut et tendit machinalement la main vers le paquet de cigarettes sur la table. Bolan, lui, avait baissé les yeux et réfléchissait à ce qu'il venait d'apprendre. Il commençait à comprendre la manière dont la *Cosa Nostra* s'implantait en Australie. Avec une telle législation, c'était logique. Mais ce coup de projecteur n'était que partiel, les véritables motifs des amici restaient dans l'ombre. Quoique, sans même beaucoup réfléchir, on pouvait déjà s'en faire une idée : argent illégal, pouvoir obtenu par corruption, chantage ou trafic d'influence.

Tels étaient invariablement les objectifs de l'*Honorata Sociéta*, à tout moment et en tous lieux.

Un petit bruit de toux lui fit lever les yeux sur Linda Davies qui semblait fascinée par la vue d'une cigarette allumée tenue entre ses doigts.

— Dire que j'ai cessé de fumer pendant deux ans ! Mais j'avoue que cette saloperie calme les nerfs.

— Vous êtes encore secouée. Détendez-vous.

Elle lui sourit et il discerna dans son regard une brusque chaleur. Il éprouva dans l'espace autour d'eux comme un soudain courant de sympathie.

Un silence ambigu s'installa pendant quelques secondes. Puis elle le gratifia d'une petite grimace :

— Je me sens bien, maintenant. Peut-être trop bien, même.

Elle soupira :

— Pourquoi êtes-vous comme ça, Mack Bolan ? Je veux dire, pourquoi refoulez-vous tout ce qu'il y a de bon en vous ? C'est horrible.

— Ce n'est pas comme ça que je vois les choses. Une guerre est horrible en fonction de ce qui la détermine. Parfois, on est obligé de combattre pour éviter des choses bien plus horribles que la guerre. L'avilissement de l'être humain, par exemple, la dégradation sous toutes ses formes physiques et morales, l'enli-

sement d'un pays dans la drogue, la prostitu-
tion, la ruine... On ne peut pas employer de
moyens propres dans un affrontement contre
un ennemi qui ne respecte rien.

Elle resta silencieuse, paraissant réfléchir à
ce qu'elle venait d'entendre.

— Il y a seulement dix minutes, je me
demandais encore si vous êtes un type sangui-
naire, un tueur sans âme, ou quelqu'un de
sensationnel.

— C'est une question qui n'a pas de sens.

— Elle en a pour moi. Vous pensez que je
suis un peu givrée ?

— Sûrement pas.

— Mais vous ne me demandez pas à quelle
conclusion j'ai abouti ?

— Ne me compliquez pas la vie, Linda.

— Hé ! Je n'essaie pas de vous draguer. Je ne
suis pas non plus une petite fille qui a besoin
d'être consolée après avoir eu très peur des
vilains messieurs. Mais je crois que je viens de
découvrir quelque chose. J'ai l'impression de
devenir vraiment moi-même après avoir passé
la plus grande partie de ma vie à ne réfléchir
qu'à des problèmes fonctionnels.

— C'est une réaction normale après ce qui
vous est arrivé.

— Je ne parlais pas de ça, mais de quelque
chose de beaucoup plus profond. Je suis certaine que vous savez exactement ce que je veux
vous dire.

— D'accord, admit-il en la regardant droit dans les yeux. Mais je ne peux pas vous suivre sur ce terrain. Pas tant que je n'aurai pas terminé ce que je suis venu faire ici.

— Ce n'est pas seulement physique.

— Je sais. Je ressens exactement la même chose. Mais je crois surtout que vous avez besoin de vous reposer. Allongez-vous dans la chambre et essayez de dormir. Il y a des provisions dans le buffet de la cuisine.

Elle écrasa dans un cendrier la cigarette qu'elle avait à peine fumée et se leva en même temps que lui, comprenant qu'il allait quitter l'appartement.

— Quand reviendrez-vous?

— Dès que je pourrai, répliqua-t-il en s'éloignant vers un dressing-room dans l'entrée.

Il s'y enferma quelques minutes et, quand il en ressortit, il était vêtu de sa légendaire combinaison de combat. Big Thunder, l'énorme automatique .44 magnum, pendait sur son côté droit dans une gaine militaire. Le Beretta était niché sous son aisselle gauche, en compagnie du gros silencieux fixé sur une bretelle. Une dague de combat, quelques garrots en nylon et des chargeurs supplémentaires pour ses deux armes à feu complétaient son harnachement. Le reste de son équipement attendait dans le coffre de la Porsche.

Lorsqu'elle le vit paraître dans son accoutrement guerrier, elle le fixa un moment avec un

48

mélange de stupeur et d'effroi, puis elle marcha vers lui jusqu'à le toucher.

— J'avais imaginé quelque chose de plus... comment dire...

Bolan sourit :

— Plus horrible ?

— Oui. Mais en fait, c'est bien pire. Sinistre convient mieux. A quoi ce vêtement noir vous sert-il ?

— D'abord à éviter de me faire repérer la nuit. Ensuite, il y a l'effet psychologique. Mais ça n'arrête pas les balles.

— Drôle d'armure.

Elle passa doucement la main sur la poitrine de Bolan, l'en retira puis recommença en évitant soigneusement de toucher l'acier sombre du Beretta.

— C'est doux au toucher, apprécia-t-elle.

Puis elle se hissa sur la pointe des pieds, déposa un baiser furtif sur les lèvres de Bolan et se serra contre lui. Lui entourant les épaules de ses bras, il lui caressa doucement les cheveux et, pendant quelques secondes qui lui parurent durer indéfiniment, il éprouva un intense sentiment de bien-être qui le transporta dans un univers où la férocité et la violence sont des mots inconnus.

— Pouvez-vous comprendre ce que je ressens, Mack ? lui dit-elle d'une toute petite voix. Je voudrais que cet instant n'ait jamais de fin. Je voudrais vous dire...

Se serrant un peu plus contre lui, elle frissonna.

— Malgré tout ce qui nous sépare, j'ai l'impression de vous connaître depuis toujours sans pourtant me rappeler où et quand je vous ai déjà rencontré. Je me demande ce qui se passe en moi.

Bolan se posait une question semblable. Il lui semblait être « branché » exactement sur la même fréquence que cette fille qu'il tenait dans ses bras sans trop savoir comment ça s'était fait. C'était insensé mais bien réel. Mais peut-être était-ce dû au fait qu'il l'observait depuis une journée. Il avait épié chacun de ses gestes, connaissait chaque expression de son visage, ses mimiques, sa façon de réagir devant les situations courantes ou imprévues. Il s'était imprégné d'elle au point que cela avait créé en lui des images indélébiles.

Il la repoussa gentiment, observa les yeux de Linda Davies dans lesquels il pouvait lire à la fois la compréhension, la tendresse et le désarroi. Il avait lui aussi diablement envie de prolonger l'instant magique, mais il avait un travail en cours. Il devait traquer les cannibales dans un pays qu'il ne connaissait pas.

— J'ai peur, Mack, lui dit-elle d'une voix à peine audible. Peur de ne pas vous revoir et de ce que vous allez faire.

— Je reviendrai, marmonna-t-il d'une voix un peu bourrue. Ne sortez pas, ne téléphonez à personne. Si je ne suis pas de retour à 5 heures du matin, alertez les flics fédéraux et racontez-leur tout ce que vous savez. Dites-leur aussi que vous m'avez vu, ça les aidera à bouger.

Il alla ramasser sur le dossier d'un fauteuil un trench-coat qu'il enfila par-dessus sa combinaison de combat. Puis il marcha jusqu'à la porte du studio, se retourna avant de sortir et dut faire un effort de volonté pour s'arracher à la fascination de ces yeux magnifiques pleins d'intelligence et de tendresse.

Le charme était rompu. Bolan allait faire un petit tour du côté de l'enfer.

CHAPITRE IV

Max Arrighi écumait de rage mais sa voix se faisait plaintive dans le téléphone :

— Ecoute Tony, je t'assure qu'aucune faute n'a été commise. La première équipe s'est rendue sur place après s'être assurée qu'il n'y avait aucun risque. Ils sont montés dans cet appart une heure avant l'arrivée de la fille et ils bénéficiaient de la couverture de Lomax. Je te dis...

— Je sais ce que tu veux me dire, répliqua sèchement la voix au téléphone. Mais je ne comprends toujours pas comment deux équipes ont pu se faire anéantir en quelques minutes. et surtout comment toi tu t'es fait liquider sept hommes que tu considérais comme des pros.

— Ces fumiers ont eu Lomax et ses gars par surprise, fit Arrighi. Ils se sont d'abord attaqués au groupe de protection avant de s'occuper de l'équipe de Ben.

— Et en ce qui te concerne, Max?

— Je t'ai déjà tout expliqué. Ils...

— Je veux te l'entendre dire encore. C'est Ben qui a déconné ?

— Sûrement pas ! Et, excuse-moi de te dire ça, Tony, mais je peux pas tolérer que tu parles comme ça de mon frangin. Il est mort et j'crois qu'il a droit à un peu de respect.

— Ouais, ouais. Mais il y a eu forcément une connerie de faite.

— Mon frère est pas né de la dernière pluie. Il m'a dit dans la radio qu'il y avait des gus plein l'immeuble et il m'a demandé d'intervenir, de les prendre à revers.

— Es-tu certain que c'est bien lui qui te parlait ?

— Eh bien... à dire vrai, j'me demande maintenant. La voix était chuchotante. Sur le moment, je me suis dit qu'il faisait gaffe à pas être entendu. Mais ça pouvait aussi être Mark ou Willy.

— Tu t'es laissé piéger, Max ! claqua méchamment la voix dans l'appareil.

— Bon Dieu, Tony, je pouvais pas prévoir ! C'était seulement une putain d'affaire de routine. Mais les enfoirés avaient des sentinelles à l'extérieur, c'est sûr. De plus, on s'est fait prendre à revers par plusieurs mecs qui nous ont canardés.

— Et tu n'as rien trouvé de mieux que te débiner...

Arrighi jeta un regard circulaire dans le grand salon de la villa, comme pour prendre à témoin trois de ses hommes qui feignaient de ne pas s'intéresser à la conversation.

— Qu'est-ce que tu voulais que je fasse d'autre, Tony ? Ça tiraillait de partout, on aurait dit que ces salauds occupaient tout le quartier.

— Qu'est-ce qui te fait croire ça ? Tu les as vus ?

— J'ai surtout entendu les coups de pétard dans tous les sens. Et j'ai vu mes gars pisser le sang en quelques secondes. Pour moi, y a aucun doute, c'était un commando, sans doute d'anciens militaires. Et je me demande ce que tout ça veut dire. Tu vois pas que cette gonzesse ait servi d'appât ?

Le téléphone resta muet deux, trois secondes, puis :

— Ça fait combien d'hommes en moins, Max ? Huit, dix ?

— Treize, répondit Arrighi en gémissant.

— Je suis navré pour toi, repartit le correspondant d'une voix faussement compatissante. Et qu'est-ce que tu as fait depuis ?

— J'ai regroupé mes hommes pour assurer la sécurité et j'ai alerté qui tu sais en ville. Il devrait pouvoir se renseigner rapidement sur ces fumiers. D'autre part...

La phrase d'Arrighi fut interrompue par un soudain claquement sec accompagné d'un tintement de verre brisé. Du coin de l'œil, il vit l'un de ses *soldati* partir à la renverse comme s'il avait reçu un coup de bélier en pleine face. Il mit une

54

seconde avant de comprendre puis poussa un cri rauque et se jeta au sol en lâchant le téléphone. Tout de suite après, il y eut une détonation aussi forte qu'un coup de tonnerre.

— Planquez-vous! beugla-t-il, rampant sous une fenêtre.

Un second impact se délimita dans la grande baie vitrée de la façade. De petits éclats de verre furent projetés dans le living. Un autre mafioso qui essayait nerveusement d'extraire son arme se figea, la tête transformée en une bouillie rouge qui lui dégoulina sur la poitrine. De nouveau, l'horrible grondement se fit entendre et tout un pan de vitre dégringola au sol.

A un mètre d'Arrighi, aplati sur la moquette, le combiné du téléphone émettait des phrases précipitées :

— Qu'est-ce qu'il y a, Max? Qu'est-ce que c'est que ce bordel? Réponds, nom de Dieu!

Max avait les yeux exorbités et de la salive lui coulait de la bouche. D'un geste automatique, il dégaina son revolver et rampa sur les coudes pour s'approcher de l'appareil qu'il agrippa comme une bouée de sauvetage :

— On est en train de se faire assassiner, Tony! Des enfoirés nous criblent de tous les côtés!

Subitement, le poste téléphonique se désintégra au-dessus de sa tête, disparaissant de la table sur lequel il était posé, et Arrighi se retrouva avec le combiné muet à la main, le fil pendant devant lui. De petits éclats de matière plastique lui avaient criblé le front et quelques gouttes de sang se mélangèrent à la sueur qui avait jailli en quelques instants par tous ses pores.

Ensuite, ce fut un roulement tonitruant presque ininterrompu qui se fit entendre et la grande pièce commença à ressembler à un chantier de démolition. Des impacts énormes se délimitaient dans les murs, des morceaux de plâtre et de ciment rebondissaient en tous sens, des bibelots, des vases et des ampoules électriques explosaient dans un vacarme qui venait s'ajouter aux détonations horrifiantes venues de l'extérieur.

Puis le silence se réinstalla d'un coup. Dans la lumière encore dispensée par une lampe de chevet qui avait échappé à la destruction, Max Arrighi commença à se déplacer au milieu de la poussière qui avait envahi les lieux. Les tympans douloureux, il entendit un bruit de moteur qui s'éloignait rapidement. Toussant, crachant, la gorge en feu et les tempes bourdonnantes, il buta contre le corps ensanglanté d'un de ses hommes affalé sur son passage. Il le contourna pour rejoindre la table où il avait vu pour la dernière fois le transceiver radio qui lui permettait la liaison avec ses équipes. A genoux, la main brandie au-dessus de sa tête, il chercha l'appareil, le trouva et se laissa retomber au sol en crachant dans le micro :

— Jimmy! Carl! Speedy! Répondez!

— Ouais, c'est Speedy! fit aussitôt l'appareil. Vous avez entendu ça, patron? C'est dingue!

Le con ! Comme s'il avait été possible de ne pas entendre et de ne pas subir cette saloperie d'attaque !

Il demanda hargneusement :

— Tout le monde est là ?

— Carl vient de partir avec six hommes. Ils ont sauté dans une caisse pour se rendre compte. Vous n'êtes pas blessé, au moins ?

— Ça va. On a vu d'où est venue cette merde ?

— J'crois que c'est depuis la colline en face.

— Quoi ? C'est au moins à cinq cents mètres...

— Plus loin encore.

— Laisse deux hommes ici pour la sécurité et fonce avec les autres prêter main-forte à Carl. Faites gaffe, hein !

— Oui, oui ! On va essayer d'encercler ces sales cons.

— Je veux la tête de ces enculés, t'entends ?

— Oui, patron. On va tout faire pour les avoir.

Arrighi crapahuta hâtivement vers la sortie du living, s'attendant à chaque instant à la reprise de la mitraille. Mais il atteignit sans dommage le hall d'entrée, se mit à courir vers l'aire de gravier où les véhicules de la troupe avaient été garés. Il ne restait plus que la Continental, les trois autres voitures étaient déjà à plus de deux cents mètres, fonçant à plein pot en direction de la colline où des tireurs invisibles s'étaient embusqués.

— Billy ! appela-t-il dans l'obscurité. T'es là ?

— J'suis ici, répondit le chauffeur d'une voix contenue. Dans la caisse.

Billy Steve était en effet déjà au volant, prêt à démarrer au quart de tour. Il attendit que son boss ait pris place dans la limousine, à l'arrière, et s'enquit :

— On y va aussi?

— Non. Prends à droite et monte vers Warwick. Je veux avoir une vue complète de la situation.

Aussitôt, la Continental s'ébranla dans le léger chuintement de son puissant moteur. Arrighi leva le talky-walky devant son gros visage ruisselant de sueur et lança des consignes à ses équipes :

— Divisez-vous! Carl, prends par le milieu. Speedy et Jimmy passeront par le sud et le nord. Dès que vous serez à proximité, je veux au moins trois hommes sur l'arrière de la colline pour verrouiller la zone. Compris, tout le monde?

Il reçut trois réponses successives, posa la radio à côté de lui sur l'immense banquette et ordonna à Billy Steve :

— Magne-toi, Billy. Je veux pas manquer le spectacle quand ces fumiers se feront avoir.

Un rictus féroce tordit sa bouche lippue et ses grosses mains velues se contractèrent spasmodiquement comme s'il serrait la gorge d'une de ses victimes.

Ils avaient quitté la villa depuis moins de trente secondes quand de nouveaux coups de feu recommencèrent à claquer, tamisés par l'épaisseur de la carrosserie blindée.

— Cette fois, on dirait un P-M, commenta Billy Steve en faisant descendre une vitre latérale. Ça doit être nos gars.

En effet, ça ressemblait au crachotement d'un pistolet-mitrailleur, des rafales de trois ou quatre coups auxquelles s'enchaînèrent bientôt d'autres détonations.

L'Exécuteur avait choisi le flanc d'une colline pour opérer son attaque, un tir longue distance mesuré au télémètre électronique. Sept cent cinquante mètres le séparaient de sa cible. Celle-ci figurait en amont d'un groupe de six villas distantes d'au moins deux cents mètres les unes des autres.

Il utilisait l'arme de ses débuts, une carabine Weatherby prévue pour la chasse au gros gibier, modifiée pour être alimentée avec un chargeur, et qui tirait des munitions de .460 magnum.

Une lunette télescopique de grossissement x 30 lui avait permis d'effectuer un tir de haute précision sur la villa. Dans le cercle optique, il avait observé les visages d'abord stupéfaits et terrifiés des hommes qui occupaient les lieux, puis ces mêmes visages qui se disloquaient sous la poussée des énormes balles Nosler.

L'Exécuteur n'avait pas pour intention d'éliminer tous les malfrats entassés dans la demeure. Il tenait simplement à montrer aux mafiosi trop sûrs d'eux qu'ils étaient vulnérables, à susciter la panique dans leurs rangs afin de les obliger à réagir à l'improviste, à commettre des erreurs et à se débusquer.

Mais le blitz de Bolan consistait par la même occasion en une mission de renseignement. Avant d'occuper sa position d'attaque, il s'était approché le plus possible de la bâtisse de la *Cosa Nostra* et avait installé sur la ligne téléphonique un capteur-transmetteur électronique qui lui avait permis de suivre le dialogue entre Max Arrighi et son correspondant. Tout ce qu'il savait de ce dernier était qu'il se prénommait Tony, mais la voix ne lui était pas inconnue, éveillait en lui de vagues souvenirs. Une voix arrogante aux inflexions précieuses.

Il avait pu également noter le numéro appelé et qui s'était enregistré automatiquement sur son appareil de réception.

Un casque d'écoute sur la tête, l'œil collé au télescope de visée, il largua encore quatre ogives tonitruantes sur sa cible et cessa le tir pour observer les réactions adverses. Après une période de longues secondes durant lesquelles rien ne se produisit, une voiture quitta prudemment la propriété et emprunta une petite route tout en courbes qui passait à proximité de la colline où se tenait l'Exécuteur.

A côté de lui, son talky-walky se mit à débiter des phrases précipitées. Ensuite, deux autres véhicules dont une jeep se lancèrent sur la chaussée dans sa direction, le petit cortège se divisant bientôt en prenant des itinéraires obliques.

Une bonne douzaine de buteurs armés jusqu'aux dents montaient à l'assaut avec l'intention évidente de l'encercler pour le prendre dans un tir croisé qui ne lui laisserait aucune chance.

Le moment du repli était venu. Afin de se ménager une diversion, Bolan disposa à même le sol un chapelet de dénonateurs à retard dont il activa la mise en œuvre. Il laissa aussi sur place la boîte métallique qui avait contenu les imposantes munitions Nosler, la piégea avec une grenade, et quitta sa position en partant au pas de course le long de la petite colline. Invisible dans sa combinaison noire, la grosse carabine Weatherby suspendue à son épaule par une bretelle, il atteignit une route secondaire en contrebas. Après une courte pause, il la traversa pour se lancer à travers des fourrés alors qu'un véhicule bourré de mafiosi se signalait par le bruit de son moteur, progressant tous feux éteints dans la semi-obscurité de la nuit.

Lorsqu'il fut certain d'avoir échappé à la tenaille, il courut jusqu'à la Porsche qu'il avait dissimulée dans un bosquet en bordure d'une piste en terre. S'installant au volant, il attendit que sa diversion intervienne. Le délai fut très court. Il y eut trois détonations sèches et rapides comme le staccato d'un P-M, trois autres encore, auxquelles répondirent aussitôt de multiples coups de feu tirés par les flingueurs de Max Arrighi.

Dans le concert bruyant des rafales, Bolan

lança son moteur et conduisit doucement le petit bolide européen jusqu'à la route goudronnée desservant le groupe de villas dont certaines s'étaient éclairées. De loin en loin, des gens poussaient des exclamations angoissées, s'interpellaient. Puis le klaxon d'un véhicule se fit entendre en continu, comme si quelqu'un voulait alerter tout le voisinage.

A deux cents mètres de son but, Bolan immobilisa la Porsche pour continuer à pied, se faufilant comme un fantôme entre les haies en bordure de la chaussée. Il n'était armé que d'une dague de combat en acier bruni, de son fidèle Beretta niché sous son aisselle gauche, et tenait à la main un sac en toile contenant plusieurs engins explosifs.

Le blitz nocturne n'était pas terminé. L'Exécuteur avait à parachever son œuvre de mort.

CHAPITRE V

— Arrêtez de tirer! hurla un chef d'équipe en ôtant de ses yeux des jumelles de nuit. Y a plus personne là-bas, les types se sont cassés!

La fusillade cessa, faisant place à un silence oppressant.

— Qu'est-ce que tu racontes, Carl? cria un certain Johnny Mora à bonne distance. Comment est-ce qu'ils auraient pu se tailler?

— Je dis qu'il n'y a plus personne!

— Carl a raison, affirma Speedy Denver, le troisième chef d'équipe. J'comprends pas comment ils ont fait mais le coin est vide. C'est pourtant de là que sont partis les coups de feu, j'ai vu les étincelles!

— Bon, on va vérifier! Sam et Cuny, prenez une radio et magnez-vous d'aller jeter un coup d'œil mais faites gaffe.

Deux hommes partirent rapidement dans la direction désignée, courbés en deux pour éviter de constituer des cibles faciles. Bientôt ils atteignirent l'endroit présumé d'où s'était déclenchée la première fusillade.

— On y est, annonça l'un d'eux un peu plus tard. Y a pas un chat, seulement des douilles par terre.

Carl Migos avait repris ses jumelles pour observer les deux éclaireurs dont l'un s'était mis à quatre pattes pour inspecter le sol.

— Hé! On s'est fait blouser! déclara soudain ce dernier sur les ondes. Ce qu'on a entendu, c'était du bidon, des conneries de pétards! Y sont sûrement loin, maintenant!

— O.K., revenez! ordonna sèchement Carl Migos. On va se déployer et ratisser tout le coin.

— Attends! Il y a aussi une boîte en fer dans laquelle y avait des cartouches, j'arrive à lire l'étiquette. Merde! Du .460 magnum! C'est un calibre pour les mammouths... Nom de Dieu, qu'est-ce que c'est que ce truc qui pend après, je... Putain!

Une violente explosion retentit et un flash aveuglant se développa à l'emplacement des éclaireurs de la mafia. A travers ses jumelles, Carl Migos eut la brutale vision de deux corps projetés de part et d'autre, aperçut une jambe qui se séparait d'un tronc, un bras qui partait tout seul à la verticale pour retomber ensuite en tourbillonnant.

Aveuglé par la lueur subite, il tituba, fit un pas en arrière et buta contre l'un de ses hommes en proférant :

— Les enfoirés! Ils ont piégé la position! Repliez-vous tous, foutez le camp d'ici!

En quelques secondes ce fut la débandade. Une dizaine de *soldati* se mirent à courir sur les pentes de la colline pour rejoindre les véhicules qui les avaient amenés à pied d'œuvre. Tandis que les moteurs ronflaient et que les portières claquaient, une voix glapit dans les talkies-walkies :

— Arrêtez de paniquer! Qu'est-ce que c'est que ce cirque de bordel de merde?

— On s'est fait rouler, patron! renvoya Johnny Mora dans sa radio. C'était piégé et...

— J'ai vu! claqua la voix de Max Arrighi. C'est pas une raison pour vous comporter comme des pucelles effrayées. Reprenez-vous et balayez-moi toute la zone. Les connards ne peuvent pas être loin!

— D'accord, on y va! Mais ça fait encore deux gars de moins et faudrait...

— Qu'est-ce que t'attends, Johnny? Tu veux que je vienne te pousser au cul?

Johnny grogna une réponse, enfonça son coude dans les côtes du chauffeur et rugit :

— T'as entendu? Fonce, connard!

Max Arrighi avait mal aux yeux à force de regarder dans ses jumelles de nuit. Il avait abaissé une vitre latérale et, depuis la hauteur où Billy Steve avait arrêté la Lincoln, il pouvait englober toute la zone comprise entre la petite route sinueuse en bordure de la villa et le faîte de la colline. Ainsi avait-il pu observer l'approche de ses équipes, la lueur soudaine qui avait brutalement déchiqueté deux hommes, puis le repli hystérique de sa troupe.

— Comment tous ces fumiers ont-ils fait pour disparaître comme ça? grogna-t-il entre ses dents. C'est quand même pas des fantômes!

— Moi je m'demande s'ils sont vraiment plusieurs, fit observer Billy Steve. J'ai une intuition.

— Qu'est-ce que tu débloques? J'ai encore dans les oreilles tous ces coups de feu, ces merdes de rafales... Et en ville, quand ils se sont attaqués à nos hommes de tous les côtés sans qu'on les voie...

— Pas de tous les côtés, Max. Il y a eu seulement deux attaques localisées et la plupart des coups de pétards ont sûrement été tirés avec un silencieux. En ville, je veux dire.

— Je te dis que j'ai entendu des détonations de tous les côtés! Y avait au moins sept ou huit fumiers.

— Moi, je n'ai entendu que les coups tirés par nos gars.

— Ah ouais? aboya méchamment Arrighi. Qu'est-ce que tu veux prouver?

— Rien de spécial, tout le monde peut se tromper, répliqua prudemment Billy Steve en grimaçant dans l'ombre.

Il était le chauffeur et le garde du corps

d'Arrighi depuis quatre ans et, à ce titre, se permettait parfois une certaine familiarité avec lui. Mais, en cet instant, il jugea plus sage de ne pas en rajouter. Max était à cran et capable des pires débordements. Billy avait eu l'occasion de le voir tuer un de ses hommes pour moins que ça.

— Qu'est-ce que tu décides? s'enquit-il d'un ton soumis.

Arrighi se contenta de grogner tout en observant le déploiement de ses hommes dans ses jumelles. Au bout d'un moment, il souffla bruyamment et cracha dans la radio :

— Laissez tomber, tous, on rentre!

Trois voix distinctes lui répondirent par un acquiescement soulagé. Puis il ordonna à son chauffeur :

— Vas-y, Billy. Mais roule pas trop vite. Laisse-les d'abord passer.

— O.K. On dirait que la populace commence à s'affoler dans le coin. Toutes les baraques sont éclairées et faut s'attendre à ce que la flicaille vienne aux nouvelles.

— T'inquiète, Billy. On ne va plus traîner par ici. Tu resteras au volant à m'attendre.

Il fallut moins de deux minutes pour que les voitures des trois équipes et la Continental rejoignent la villa-QG. Arrighi fit garer son propre véhicule contre les marches du perron mais n'en sortit pas.

— Carl et Speedy dans la baraque! ordonna-t-il par radio. Johnny, va avec tes hommes inspecter le jardin. Je veux être sûr que tout est clair.

Les portières s'ouvrirent presque simultanément, libérant les hommes qui s'élancèrent dans la maison et sur les côtés, arme au poing et les sens en alerte. Des fenêtres s'éclairèrent sur la façade. Puis la radio émit une exclamation dans la limousine :

— Patron! Faut que vous veniez voir. C'est... c'est...

— Quoi?

— Y a un dessin sur le mur!

— Tu te fous de moi? Quel dessin?

— Dans le living. Le mieux, c'est que vous veniez.

— Bon, bouge pas.

Arrighi posa sa grosse patte sur l'épaule de son chauffeur-garde du corps :

— Suis-moi, Billy. Et fais gaffe à tout, on sait jamais.

Ils débouchèrent tous les deux dans la salle de séjour où trois hommes les attendaient avec un air ahuri. La poussière était retombée au sol, recouvrait aussi les meubles d'une épaisse couche crayeuse, et Arrighi retint une exclamation en prenant conscience de l'état de délabrement de la grande pièce. Mais ce n'était pas ce qui motivait la nervosité de ses hommes. Suivant leur regard, il observa le mur qui faisait face à la baie aux vitres pulvérisées, fronça les sourcils, puis se statufia.

68

Une quinzaine d'impacts énormes s'alignaient verticalement et horizontalement sur toute la surface de la cloison, s'entrecoupant pour dessiner une croix au centre de laquelle d'autres impacts avaient provoqué un trou béant d'une vingtaine de centimètres.

Quelqu'un bredouilla une phrase inintelligible et Billy Steve déclara d'une voix grinçante :

— Je le savais. Je savais que c'était lui !

Speedy Denver s'enquit nerveusement :

— Qui ça, Billy ? Qui ça ?

— Lui. La combinaison noire. Ça ne pouvait être que ce mec.

Un silence de mort succéda à cette affirmation. Puis une exclamation fusa :

— Doux Jésus !

— Bolan ? éructa un autre soldat.

— Oui. Bolan la Pute. Et il était tout seul, j'en suis sûr !

Arrighi fustigea son chauffeur du regard. Bien sûr, il connaissait la légende de Bolan, mais il n'avait jamais eu l'occasion d'être présent lorsque ce dernier était passé sur un territoire. Il s'apprêtait à une réplique cinglante quand la radio crépita dans sa main :

— Chef !

— Ouais !

— Les deux hommes qu'on a laissés en sentinelle dehors...

— Eh bien ? J't'écoute !

— C'est affreux. Ils se sont fait égorger tous les deux, y a plein de sang partout...

Le boss se raidit, marqua un temps d'arrêt et hurla dans le micro :

— Ne les touchez pas ! Ecartez-vous, nom de Dieu, ils sont sans doute piégés !

Mais l'avertissement arriva trop tard. Une détonation assourdissante retentit à l'extérieur, pulvérisant ce qui restait de vitres aux fenêtres, meurtrissant les tympans et plongeant le living dans l'obscurité.

Avec un temps de retard, un cri d'agonie se fit entendre dans le jardin, puis des vociférations, des hurlements et un bruit de course effrénée.

— Fred et Timmy sont morts ! glapit quelqu'un. On va tous se faire tuer !

— Tout le monde dehors ! Aux bagnoles ! rugit Arrighi en bousculant deux de ses hommes pour se frayer un passage vers la sortie.

Il poussa son chauffeur devant lui.

— On se trisse, Billy !

Déjà, trois silhouettes s'engouffraient dans le désordre à l'intérieur d'un véhicule, une autre se traînait en clopinant, réclamant de l'aide d'une voix plaintive. Arrighi reconnut Johnny Mora. Celui-ci avait le visage couvert de sang et haletait. Il l'attrapa par sa veste et le traîna jusqu'à la Continental où il le poussa sur la banquette. Puis il y prit place lui-même alors que Billy Steve commençait à démarrer en trombe.

Lorsqu'ils eurent parcouru une centaine de mètres, tous feux éteints, la villa n'était déjà plus visible et Arrighi ordonna à son chauffeur de ralentir.

— Pas la peine d'ameuter tous les connards des alentours, maugréa-t-il. On va rejoindre tranquillement Wanneroo Road et on prendra ensuite la direction de Midland.

Au bout d'un moment, Billy Steve dit nerveusement :

— On a laissé des macchabées sur place. Ça risque d'être plutôt emmerdant...

— Te casse pas pour ça, fit Arrighi. Tony saura arranger le coup avec les flics.

Se tournant ensuite vers Mora, il le questionna sèchement :

— Qu'est-ce qui s'est passé dans le jardin, Johnny ?

Le chef d'équipe déglutit bruyamment.

— J'ai fait déployer mes hommes autour de la maison. Tout semblait normal... Et puis, on est tombés sur les deux gars que Speedy avait laissés en sentinelles. Ils avaient la gorge tranchée d'une oreille à l'autre et...

— Je sais. Ensuite ?

— J'vous ai appelé dans la radio et puis... Ça a pété d'un coup. Timmy et Fred étaient en train d'examiner les deux pauvres types... J'ai vu Fred sauter en l'air, la tête à moitié arra-

71

chée, et Timmy arriver sur moi sans même toucher le sol, comme une bombe. Y a eu un putain de choc et je me suis retrouvé par terre, groggy. Ensuite, heu... je sais pas combien de temps après, j'ai senti qu'on m'aidait à me relever et qu'on me mettait quelque chose dans la main. Mais quand je me suis retrouvé à peu près lucide, j'ai vu qu'il y avait plus personne autour de moi.

— Tu as vu qu'il n'y avait plus personne, hein ? ricana Arrighi.

— Oui, enfin, j'ai plus vu personne. Et puis je vous ai aperçu. Voilà...

— Et qu'est-ce qu'on t'a mis dans la main, Johnny ?

Le poing de Johnny Mora était maculé de sang et crispé sur quelque chose. Il soupira, déplia lentement sa main qu'il présenta à son boss. Celui-ci se pencha en fronçant les sourcils, recueillit du bout des doigts un objet rond et métallique qu'il se mit à examiner après avoir allumé le plafonnier.

— Qu'est-ce que c'est que ce truc ? On dirait comme une cible en miniature avec une croix. Comme...

— Comme sur le mur, martela lugubrement Billy Steve. C'est une médaille Marksman. Une médaille de tireur d'élite.

Arrighi ne prononça aucun mot, aucune exclamation, mais un étrange feulement monta de sa gorge. Les yeux rivés sur l'objet affreux, il paraissait changé en statue. Enfin, après un silence que ni le chauffeur ni Johnny Mora n'osèrent interrompre, Arrighi déclara lentement, d'une voix rauque :

— Il était là pendant que nous le cherchions sur cette colline. Il avait déjà égorgé ces deux pauvres gars dont il a piégé les corps avec une saloperie d'explosif... Il était encore là quand ça a pété !... Et tu dis que tu ne l'as même pas vu quand il t'a foutu dans la main cette saloperie de médaille ?

— Je vous l'ai dit, patron, j'étais sonné.

— Putain ! Il nous a baisés depuis le début de la nuit, il a assassiné presque tous nos hommes et ensuite il est venu nous narguer. Il s'est foutu de notre gueule !

— Je te l'avais dit que c'était lui, enchérit Billy. Je le sentais depuis le début.

— Tais-toi, Billy. Tais-toi ! gronda sourdement Arrighi dont les yeux semblaient prêts à jaillir de leurs orbites. Je veux plus t'entendre parler de cette sale pute de mec ! C'est terminé pour cette nuit. T'entends ?

Comme pour démentir sa dernière phrase, une lueur fulgurante illumina l'espace derrière eux. Billy Steve fut un instant aveuglé par le reflet que lui envoya le rétroviseur et fit décrire une embardée à la limousine. Deux secondes plus tard, une explosion fracassante arriva à leurs oreilles. Puis un silence accablant retomba sur les lieux et ils eurent brutalement la sensation physique que la nuit était devenue plus dense, comme si un linceul s'abattait sur eux.

Personne ne dit mot pendant de longues secondes. Puis le boss grogna :

— Allume tes phares, Billy!

Un double faisceau lumineux s'allongea sur la chaussée déserte, découpant des ombres sinistres dans le paysage nocturne.

Billy Steve toussota puis commenta d'une voix coincée :

— J'crois que la baraque vient de partir en fumée.

— Tu as trouvé ça tout seul?

— Ce mec est quand même invraisemblable !

— Ferme-la, Billy. J'ai pas besoin que tu me dises ce que tu penses de cet enfoiré.

Les deux véhicules roulaient à 80 km/h, la grosse Continental en tête. Tout en s'efforçant de garder son calme, Max Arrighi retournait dans sa tête les implications des événements infernaux qui venaient de se produire. Combien avait-il perdu d'hommes depuis le début de la nuit et, surtout, comment Tony le big boss allait-il prendre la chose?

Tout ce sang versé en quelques heures, les complications qui allaient s'ensuivre dans l'accomplissement du gros business, et Tony qui n'allait pas manquer de piquer une crise d'hystérie...

« Je savais que c'était lui », déblatérait Billy. L'abruti ne s'était pas trompé!

Ouais, cette fois, il n'y avait plus d'erreur. L'ordure tant haïe s'était bel et bien manifestée sur le théâtre australien.

Sa grosse pogne crispée sur la médaille offensante, Max Arrighi avait la cervelle en feu, imaginant les mille supplices qu'il réserverait au fumier en combinaison noire.

CHAPITRE VI

Elle ouvrit les yeux en entendant la douche couler dans la salle de bains, se leva et fit quelques pas incertains dans la chambre. Elle n'avait presque pas dormi, hantée par des images de violence, n'avait réussi qu'à somnoler pour finalement se laisser emporter dans un tourbillon d'épuisement vers 4 heures du matin.

Il n'était que 4 h 40 et l'alarme de sa montre programmée pour la réveiller n'avait pas encore sonné.

Le regard trouble, elle aperçut un trench-coat posé sur le dossier d'un fauteuil, se dirigea comme une somnambule vers la porte de la salle d'eau qui était restée entrebâillée. Rêvait-elle encore ? La chose noire et souillée de sang qu'elle voyait sur le carrelage était-elle bien réelle ou issue de son imagination exacerbée ?

En tout cas, elle entendait le bruit régulier de l'eau coulant dans la cabine de douche dont la paroi translucide lui laissait entrevoir confusément une haute silhouette athlétique.

« Réveille-toi, ma fille, se dit-elle. Tout ça n'a rien d'une hallucination. Tout est bien réel. Ce grand type est revenu, couvert du sang de ses victimes et aussi froid qu'un robot. »

Le bruit d'eau cessa et Linda Davies battit en retraite, réalisant seulement qu'elle ne portait qu'une minuscule culotte et un soutien-gorge. Paniquant presque, elle cherchait de quoi cacher sa semi-nudité lorsque Bolan déboucha de la salle de bains. Hâtivement, elle enfila son jean, lui fit face.

Il était torse nu, une grande serviette nouée autour de ses hanches.

— Vous êtes-vous un peu reposée? lui demanda-t-il gentiment sans trop la regarder.

Elle, au contraire, avait les yeux rivés sur lui tandis qu'il se dirigeait vers le dressing-room. Sa gorge était nouée et il lui semblait impossible de prononcer le moindre mot.

— J'ai passé une nuit affreuse, réussit-elle enfin à dire alors qu'il avait quitté son champ de vision. Je dormais seulement depuis quelques minutes lorsque vous êtes rentré. Vous auriez pu faire moins de bruit.

— Passez sous la douche, vous vous sentirez mieux, lui conseilla-t-il. Nous partons dans un quart d'heure. Vous trouverez une brosse à dents neuve et du dentifrice dans l'armoire de toilette.

— Dites...

— Oui ?

— Toutes ces cicatrices que vous avez sur le torse... c'était pendant la guerre du Viêt-nam ?

— Quelques-unes seulement. J'en ai d'autres sur les jambes et les fesses, ajouta-t-il avec un petit rire. Vous voulez les voir aussi ?

— Non merci. Je crois que je vous préfère avec votre affreuse combinaison.

— Je vous fais peur ?

— Non. Ça me fait plutôt de la peine.

Après un petit silence, elle ajouta :

— Je vous trouve très beau, même avec vos cicatrices. Et c'est vraiment dommage qu'un type comme vous passe son temps à risquer de se faire tuer à chaque instant. N'avez-vous jamais songé à vivre comme tout le monde ?

Bolan grogna, boucla la ceinture de son pantalon et préleva une chemise en toile sur une étagère. Il chaussa des bottes en cuir fin, alla récupérer sa combinaison de combat et la fourra dans le lave-linge qu'il mit en route.

Dix minutes plus tard, Linda Davies reparaissait, habillée et bien réveillée, cette fois.

— J'aurais aimé me changer, fit-elle remarquer. Peut-on faire un saut à mon appartement ?

— C'est la dernière chose à faire. Vous achèterez tout ce qu'il faut dans la galerie marchande de l'aéroport.

— Bien, monsieur ! soupira-t-elle avec un

sourire de petite fille. Vous avez l'intention d'acheter un billet pour où?

— Vous m'avez bien dit que vous avez un avion?

— Oui. Mais...

— Nous l'utiliserons.

— C'est la meilleure! Vous auriez pu au moins me le demander. Et il ne m'appartient pas en totalité. Je n'ai que quarante pour cent de parts, le reste est à la Royal Flying Doctors.

— Si je casse, je paye. O.K.?

— Cet appareil vaut quelques milliers de dollars.

— Aucune importance, c'est la mafia qui paye.

— Je ne comprends pas bien...

— Je pille régulièrement les amici. C'est pratique et très moral.

— Vous trouvez?

— Bien sûr. Comment croyez-vous qu'ils amassent leur fric?

— D'accord, mais c'est de l'argent noir.

— C'est bien pour ça que je le leur prends. Alors, O.K.?

— O.K., monsieur Bolan, rétorqua-t-elle avec un nouveau sourire un peu contraint. Vous savez piloter, au moins?

— Ce n'est pas un problème. Mais je compte plutôt sur vous, vous connaissez le terrain alors que je débarque. Par ailleurs, vous feriez bien d'éviter de prononcer mon nom, il porte rarement chance.

— Comment dois-je vous appeler, alors?

— Striker.

— Casseur?... Je n'aime pas beaucoup. Au fait, vous ne m'avez même pas dit bonjour.

Il fit deux pas vers elle et l'embrassa sur le front. Tout de suite, elle établit un contact beaucoup plus étroit, se blottissant contre sa poitrine, et murmura :

— Mack, comment tout cela va-t-il finir?

— Striker, pas Mack, corrigea-t-il.

D'un coup elle s'éloigna de lui et le regarda droit dans les yeux avec une certaine colère :

— Je ne veux pas vous appeler comme ça! C'est trop impersonnel, trop brutal, et ça me rappelle trop ce que vous faites pendant la nuit. Mack me plaît infiniment.

— Un conseil, Linda, redevenez ce que j'ai eu l'occasion de voir de vous, une fille avec de la cervelle, ou laissez tomber. Dites-moi où se trouve votre appareil, je m'en débrouillerai.

— Je ne vous laisserai sûrement pas tomber! affirma-t-elle avec une violence soudaine. Quant à mon avion, il est à l'aéroport de Midland, mais vous ne le trouverez jamais sans moi. N'essayez pas de m'évincer.

— Alors cessez de jouer les gamines.

Après quelques secondes pendant lesquelles elle parut réfléchir en se mordillant les lèvres, elle demanda :

— Bon, quel est le programme?

Sans lui répondre, il fixa sur sa poitrine le

holster du Beretta et enfila un blouson léger. Puis il la poussa gentiment vers la sortie, referma la porte du studio derrière lui et appela l'ascenseur.

La Porsche les attendait sur le parking, son moteur encore chaud. Ils s'y installèrent et Bolan démarra aussitôt. L'aube commençait seulement à répandre sa clarté diaphane au-dessus d'eux.

— Quel est le programme? insista-t-elle après qu'ils eurent parcouru quelques centaines de mètres.

— Je veux aller jeter un coup d'œil vers l'est, dans la région de Kalgoorlie.

— Donc, nous allons visiter Bonnie Downs...

— Pas nous, moi.

— Et pourquoi pas moi?

— Je ne tiens pas à vous exposer. De plus, s'il doit y avoir un accrochage, vous constitue-riez pour moi un handicap.

Par ailleurs, Bolan pensait aussi qu'elle serait plus en sécurité en sa compagnie que lâchée seule et à la merci des cannibales aux dents pointues. Elle parut prendre son parti de la réponse mais objecta :

— Je ne vous servirai donc simplement que de chauffeur !

— Disons plutôt que vous aurez un rôle de conseillère.

— D'accord, ça me va. Mais dites-vous bien

que si j'accepte, c'est surtout dans l'espoir de savoir ce que sont devenus les Torres.

— Qui ?

— Cette famille dont je vous ai parlé. Quatre adultes et deux enfants. Six personnes ne disparaissent pas comme ça, du jour au lendemain, d'autant plus qu'ils aimaient profondément cet endroit. Ils s'étaient bien organisés et y vivaient pratiquement en autarcie.

— Ils étaient quand même bien obligés de s'approvisionner quelque part ? fit Bolan.

— A peine. Ils cultivent un jardin assez grand pour suffire à leurs besoins, potager et verger, élèvent des brebis et quelques vaches. De temps en temps, je leur apporte certains articles qu'on ne peut acheter qu'en ville. Lorsque l'un d'eux s'absente, c'est pour négocier à Kalgoorlie le minerai qu'ils ont trouvé.

— L'or ?

— Oui, sous forme de quartz rose ou en pépites.

Linda Davies marqua une pause, songeuse, puis :

— Vous pensez peut-être que quelqu'un les aurait évincés après les avoir volés ?

— Ça m'étonnerait. A moins que ces filons soient suffisamment importants pour exciter la convoitise de chacals particulièrement gourmands.

— Ce n'est pas le cas, assura-t-elle. Il ne reste que des miettes dans ces villages qui ont été exploités au maximum à la grande époque. Le sous-sol est littéralement truffé de galeries dont certaines s'enfoncent à plus d'un kilomètre de profondeur.

Il avait entendu parler de ces exploitations minières qui, à l'époque, avaient fait la fortune de nombreux prospecteurs. Mais à présent le coût d'exploitation était devenu trop élevé pour un rendement insignifiant.

— Que croyez-vous qu'il puisse leur être arrivé? demanda-t-elle, le regard dans le vide.

Bolan lui répondit par une autre question :

— Depuis quand avez-vous perdu le contact avec les Torres? J'ai cru comprendre que vous les voyiez régulièrement tous les quinze jours.

— Exact. Mais j'ai eu un contact radio avec eux deux jours avant de constater leur disparition. Ils m'avaient appelée pour me demander de leur apporter divers articles.

— Ils ont un appareil suffisamment puissant pour atteindre Perth?

— Bien sûr. Moi aussi. Tous ceux qui vivent dans le bush possèdent un émetteur-récepteur longue portée. Ici, il est inconcevable de vivre isolé sans moyen radio. Il y a même des cours qui sont dispensés aux enfants par ce moyen. C'est l'Ecole des Airs qui s'en charge.

— Que vous avaient-ils demandé de leur acheter?

— Des bricoles. Ainsi qu'une paire de jumelles et des cartouches de chasse. Je crois qu'ils avaient un problème avec des corbeaux qui s'en prenaient à leurs semis.

— Quel genre de cartouches ? s'enquit Bolan en prenant la route menant à l'aéroport de Midland.

Elle haussa doucement les épaules :

— Je ne me souviens plus exactement... Ah si ! Des Brenek. J'avais noté ça sur mon agenda pour ne pas oublier.

— On ne chasse pas les corbeaux à la balle Brenek.

— Je n'y connais rien en armes.

— Ce type de munitions est réservé au gros gibier... Bon, cela fait donc entre trois et cinq jours que vous ne les avez ni vus ni entendus ?

— Oui. Et je me demande s'ils sont encore vivants. Ce sont des gens simples mais droits et sympathiques.

Bolan ne fit aucun commentaire, se réservant pour plus tard. Il pouvait s'en être passé, des choses, durant ce laps de temps ! Et, connaissant particulièrement les habitudes de la mafia, il envisageait le pire.

— Comment ça s'est passé pour vous ? le questionna-t-elle après un silence. Je veux dire...

Il savait ce qu'elle voulait dire mais ne désirait surtout pas lui donner de détails.

— J'ai établi le contact avec l'ennemi, la coupa-t-il sèchement. Ils sont constitués comme une petite armée, avec des équipes bien entraînées, des moyens techniques et ils sont disciplinés.

— Je suppose qu'eux aussi vous ont identifié?

Il eut un bref ricanement.

— Disons plutôt que je me suis fait reconnaître sans équivoque.

— Mais pourquoi? s'insurgea-t-elle.

— Pour qu'ils sachent que je suis là.

— Apparemment, c'est idiot. Vous vous êtes découvert gratuitement.

— Pas gratuitement. Ils me connaissent bien, ils savent parfaitement qui je suis et ils me craignent.

— Vous pensez sincèrement que vous les effrayez au point de les inciter à déblayer le terrain?

— Ces gens-là ne reculent jamais, Linda. Tant qu'ils flairent l'odeur des combines bien juteuses, ils restent sur place et travaillent sans relâche à amasser la grosse galette. Non, je veux seulement les amener à se découvrir et à étaler leurs effectifs. Dans leur logique très spéciale, ils vont monopoliser toutes leurs forces pour faire face à la situation. Ils ont sûrement à leur disposition d'autres équipes comme celles de cette nuit.

— Mais vous êtes dingue! s'exclama-t-elle. Aussi fort que vous soyez, vous ne tiendrez jamais devant tous ces gangsters. Surtout si, comme vous le dites, ils sont constitués en troupes paramilitaires. C'est du suicide, ils vous passeront dessus comme un raz-de-marée.

Bolan ricana doucement :

— C'est ce qu'ils s'imaginent à chaque fois. Les leçons ne profitent jamais aux amici qui se croient toujours les plus forts.

— Et vous, vous vous croyez aussi le plus fort ?

— La question n'est pas de se croire quelque chose en plus ou en moins, mais d'évaluer la situation, de comprendre leurs points faibles, d'entrer dans leur système pour le retourner contre eux. Et je suis mobile alors qu'eux sont forcés de rester dans un périmètre restreint pour protéger leur pactole. Par le fait, ils ne peuvent opter que pour une tactique de défense. Le nombre n'est rien comparé à l'efficacité d'un blitz bien établi.

— Un quoi ?

— Une attaque éclair incluant un maximum de dégâts chez l'adversaire, et un repli immédiat. C'est une tactique militaire éprouvée.

D'une voix un peu rauque, elle questionna :

— Pratiquement, comment ça se passe quand vous les affrontez ?

— Schématiquement, tout se résume à ça : identification, localisation, destruction. Mais en réalité c'est plus complexe.

— Et vous voulez tous les détruire...

— D'abord les grosses têtes, puis ceux qui sont susceptibles de prendre la relève. Par la même occasion, si ça m'est possible, je liquide aussi les sous-fifres, la racaille qui constitue la troupe.

— Sans vous poser la question de savoir si parmi eux il pourrait y avoir des gens récupérables ?

— Qu'appelez-vous récupérables ? sourit Bolan. Croyez-vous que les truands sont récupérables ? Ces ordures ne sont pas de petits délinquants qui volent une pomme ou un morceau de pain pour se nourrir. Imaginez-vous que les tueurs, les racketteurs, les violeurs et les escrocs de tous crins sont capables de rentrer dans le droit chemin ? Allez-y, apportez-leur la bonne parole, dites-leur qu'ils sont dans l'erreur, au besoin donnez-leur une chance de se refaire une vie normale, et vous verrez le résultat. Ils ouvriront une gueule énorme pour vous engloutir toute crue avant de s'attaquer de nouveau au festin qu'ils avaient entamé. C'est une affaire d'état d'esprit, de conscience. Et leur conscience, soyez-en certaine, est aussi chargée qu'une poubelle en fin de week-end.

— Vous avez peut-être raison, mais j'ai du mal à le croire... Donc, vous les... heu... blitzez en arrivant sur le terrain à l'improviste. Vous les liquidez avant même qu'ils aient le temps de comprendre ce qui leur arrive...

— C'est bien ça.

— Et pour ce faire, il faut que vous ayez une connaissance analytique de la situation...

— Vous avez tout compris, Linda.

Elle hocha la tête en faisant une grimace, enchaîna :

— Non, j'en suis loin. Je commence seulement à comprendre mais ce que j'entrevois est effrayant. Vous vivez dans un monde affreux, Mack Bolan. Pour rien au monde je ne voudrais être à votre place.

L'Exécuteur garda le silence. Cette discussion ne menait nulle part. Il ne demandait à personne de prendre sa place dans un monde où le destin l'avait projeté quand la mafia avait provoqué l'anéantissement de la famille Bolan, alors qu'il se battait pour la patrie au fin fond du sud-est asiatique. Seul son petit frère Johnny avait survécu au massacre et celui-ci conserverait dans son esprit les images de cette tragédie jusqu'à la fin de ses jours.

C'était pour éviter que trop de drames de ce genre puissent s'accomplir que l'Exécuteur avait ensuite choisi de se lancer corps et âme dans un combat sans fin contre le cancer de la mafia. Il avait finalement choisi une voie marginale, pris entre les feux croisés de la police et des mafiosi qui cherchaient chacun à sa manière à l'éliminer.

Certes, il était seul contre un ennemi innombrable, mais il était aussi et toujours un soldat rompu à la guerre d'embuscade, un tacticien hors pair doublé d'un stratège lucide qui ne sous-estimait jamais la puissance de son adversaire. De plus, il avait acquis sur le terrain une connaissance profonde de la psychologie tordue des amici. Tous ces éléments réunis lui avaient permis jusqu'alors de porter des coups redoutables à l'*Honorata Sociéta*.

Et, aujourd'hui encore, sur ce nouveau théâtre opérationnel australien, il comptait bien réduire à néant les combines sordides d'individus voués à l'ignominie.

Si toutefois la malchance ou un coup de vice de dernière minute ne venait pas contrarier ses plans.

CHAPITRE VII

— Tu veux nous faire croire que ce mec a réussi à faire ça tout seul ? cracha Sam Weiser en fixant dédaigneusement Max Arrighi qui n'en menait pas large.

Ce dernier tenait à la main une canette de bière à peine entamée et s'était laissé tomber dans un fauteuil, exténué par la longue route qu'il venait d'accomplir. Sans réaction, il leva un regard éteint vers l'homme qui poursuivait son engueulade :

— Tu te ramènes la queue entre les pattes avec les trois quarts de tes hommes en moins et tu nous annonces tout bonnement que c'est un seul connard qui a liquidé tes effectifs et détruit la baraque de Hamersley ! Tu te fous de nous ou tu penses qu'on va croire tes salades débiles ?

Arrighi posa sa canette de bière par terre, alluma une cigarette en prenant tout son temps et rétorqua d'un ton contenu :

— C'est pas à toi que je suis venu faire mon

rapport, Sam, mais à Tony. Alors fous-moi la paix, tu veux? T'as pas de leçon à me donner.

— Tu crois ça? Espèce de...

— Ça va! coupa d'une voix grave un homme assis du bout des fesses sur une grande table. Laisse-le s'expliquer, Sam.

Celui-là se nommait Karl Spielke, était de taille moyenne et solidement bâti, présentait un visage dur de baroudeur. C'était un ancien mercenaire qui avait traîné ses guêtres un peu partout dans le monde, depuis le Congo jusqu'en Amérique latine avant d'aboutir en Australie en tant qu'instructeur et meneur des troupes de la mafia.

Un quatrième individu se tenait dans la pièce, assis à califourchon sur une chaise et suivait la conversation d'un air attentif. On le connaissait sous le nom de Tony Tarantana mais les hommes l'appelaient entre eux Tony le Boss ou, plus respectueusement « Monsieur Tony » lorsqu'ils se trouvaient en sa présence.

La réunion se tenait dans la salle à manger d'une ancienne ferme située à une cinquantaine de kilomètres au sud-ouest de Cashmere Downs, tout près du lac Barlee, à la limite du bush.

— Bon, d'accord, concéda Weiser. On t'écoute, Max, mais n'en rajoute pas.

Arrighi tira sur sa cigarette, gonfla son énorme poitrine et poursuivit son exposé :

— Moi aussi j'ai cru au début que nous étions attaqués par toute une équipe. Il y a d'abord eu le carnage en ville alors que mon frère s'occupait de cette fille, couvert par l'équipe de Lomax. Ben et cinq autres types se sont fait rectifier en quelques instants... Entre-temps, Ben m'avait appelé pour m'alerter. D'après lui, y avait plein de fumiers dans l'immeuble où il se trouvait...

Le quatrième personnage l'interrompit sèchement :

— Tu nous as déjà raconté tout ça, Max.

— Ouais, Tony. Juste avant la deuxième attaque de ce fumier !

— Attends, tu veux ! C'est là que je ne pige plus, fit le boss d'une voix insidieuse. Tu m'as d'abord soutenu qu'il y avait des fumiers partout, que ça canardait dans tous les sens et que tes gars tombaient comme des mouches. D'après toi, c'était un putain de piège qu'on t'avait tendu. Et maintenant tu viens nous affirmer qu'il n'y avait qu'un seul mec et que ce mec s'appelle Bolan. Tu ne crois pas que ça demande un éclaircissement ?

Arrighi sentit la menace sous-jacente. Il se tut, comme cherchant à mieux formuler sa réponse. Puis il fouilla dans sa poche et, d'un geste théâtral, tendit sa grosse main noueuse sur laquelle reposait une médaille Marksman de tireur d'élite.

— Je voudrais pas que tu me prennes pour un menteur, Tony. Depuis le temps qu'on se connaît...

Le boss fixa l'objet d'un regard aigu, tendit la main pour s'en saisir et ses yeux ne furent plus que deux minces fentes, comme des meurtrières.

— Où as-tu trouvé ça? feula-t-il.

— C'est Johnny Mora. Quelqu'un lui a refilé ça dans le jardin de la villa pendant que ça pétait à tout-va.

— Quelqu'un?

— Ouais, enfin... Ça peut être que... cet enfoiré de Bolan.

Un chapelet de jurons s'échappa de la bouche de Tony, tordue en un rictus haineux. Il resta immobile pendant de longues secondes, les mâchoires crispées, puis il proféra :

— La pute! Cette pourriture d'enculé est venue jusqu'ici me faire chier la vie!

Il demeura prostré dans une immobilité douloureuse, et personna n'osa prendre la parole. Puis, d'un coup il se leva, renversa sa chaise et se mit à décrire des cercles dans la pièce.

Au bout d'un moment, Sam Weiser toussota et déclara :

— Et si c'était une manœuvre d'intoxication? Si quelqu'un essayait de nous faire croire que...

— La ferme! hurla Tony le Boss.

Se tournant vers Max Arrighi :

— Tu as bien dit qu'il y avait des impacts qui dessinaient une croix sur le mur de la maison, là-bas...

— Oui, plein de saloperies de trous bien alignés avec d'autres en plein centre, tellement concentrés que c'est passé à travers un mur de vingt centimètres d'épaisseur. D'après ce qu'on sait, c'est avec des balles à éléphant qu'il a fait ça.

— Alors il n'y a pas d'erreur, c'est lui !

— Comment est-ce qu'on peut faire une chose pareille à une distance de cinq cents mètres ? objecta Weiser. C'est insensé !

— Pas pour lui. Je l'ai déjà vu à l'œuvre, c'est pas un type normal...

— C'était pas à cinq cents mètres, rectifia Arrighi. La colline où il s'est planqué était au moins à sept cents putains de mètres !

— Je l'ai déjà vu faire des trucs démentiels, martela le boss. J'étais à San Diego quand il est venu bousiller nos affaires, flanquant une pagaille comme jamais on en avait vu. C'est un fou lucide, une sorte de... de...

— Veux-tu dire que ce dingue a quelque chose de surnaturel ? fit Weiser, sceptique.

— Surnaturel ? Sûrement pas ! Demande un peu à tous les mecs qu'il a occis si ses bastos avaient quelque chose de surnaturel. Tout ce qu'il fait est bien réel, il n'est pas autre chose qu'une saloperie de troufion qui a reçu une formation spéciale, un assassin merdique qui se prend pour Robin des Bois ! Un psychopathe. Mais, putain de bordel, pourquoi est-ce que cet enculé vient s'en prendre à moi ? J'ai monté peinardement cette opération sans faire de bruit, sans laisser filtrer la plus petite indiscrétion au sujet de nos filières... Merde, est-ce que quelqu'un aurait été répandre des bruits à la con à l'extérieur ? Est-ce que vous savez quelque chose là-dessus ? Dites-le-moi, nom de Dieu !...

Tony le Boss s'excitait tout seul en soliloquant, les yeux fous et une grosse veine lui battant la tempe.

— Dites-moi ce qui se passe ! Qu'est-ce qui a pu faire rappliquer ici cette salope de Bolan ?

De nouveau, un silence oppressant s'installa parmi les quatre hommes présents. Ce fut Karl Spielke qui le rompit :

— J'ai une autre hypothèse, Tony. Tout d'abord, il se peut effectivement qu'il ne soit pas seul. J'ai de l'expérience en la matière et je pense qu'aucun homme au monde ne peut faire autant de dégâts en si peu de temps. Soyons lucides. Pour moi, ça pourrait bien être une opération de commando...

Connaissant les réactions viscérales et imprévisibles du boss, il y allait mollo pour exposer sa théorie, réfléchissant bien aux mots qu'il devait prononcer et évitant de froisser la susceptibilité de son interlocuteur :

— Nous savons que récemment, à Philadelphie, il a travaillé avec une équipe d'anciens GIs, des types qu'il aurait pêchés dans les bas-fonds.[1] Avec eux il a foutu la ville à feu et à sang, il s'en est pris à Augie Marinello, l'a décanillé de son perchoir pour ensuite se casser sans bruit, sans histoire... Quelque temps plus tard, il a recommencé à Salt Lake City puis à Saint Louis, toujours accompagné par ces mêmes gus...[2]

1. *Agonie en Pennsylvanie*, L'Exécuteur n° 101.
2. *Fiasco pour la Mafia*, L'Exécuteur n° 103.

Ménageant son effet, il marqua une pause pendant laquelle il regarda tour à tour les membres de son auditoire, et reprit :

— Comment croyez-vous qu'il ait pu faire ces divers coups et disparaître ainsi, tranquillement, avec une dizaine de mecs accrochés à ses basques ? Pour moi, il a bénéficié d'une protection spéciale.

— Les flics ? suggéra Arrighi qui avait repris du poil de la bête.

— Peut-être les Fédéraux. Ou les services spéciaux... Et cela ne vous suggère rien en ce qui concerne ce qui vient de se passer ici ?

L'atmosphère des lieux parut subitement s'électriser. Bolan en cheville avec la flicaille ? Une pensée qui glaçait le dos, complètement démente. Mais si c'était vrai ?

CHAPITRE VIII

— Je vois ce que tu veux dire, répliqua enfin Tony. Mais nous sommes en Australie, pas aux States.

— Et si quelqu'un ici, en haut lieu, avait demandé un coup de main à Washington ? Un coup de main en douce... Je ne veux vexer personne et, sans aucune insinuation, vous êtes connus aux Etats-Unis comme des... enfin, vous êtes des milliers à être tricards. D'accord, vous avez graissé les pattes d'un max de types bien placés au gouvernement, mais y en a qui n'attendent qu'une chose : vous liquider tous autant que vous êtes, foutre en l'air votre organisation qui n'en est d'ailleurs plus vraiment une. Et y a déjà pas mal de temps, j'ai entendu des échos comme quoi Bolan serait en cheville avec de hauts fonctionnaires du Justice Department, là-bas. Mais je ne pense pas vous apprendre quelque chose de nouveau...

— Ton idée pourrait se tenir, dit Tony qui s'était un peu calmé et se passait la main sur le menton. Faut voir. Selon toi, ils auraient envoyé officieusement Bolan et ses connards...

— Pourquoi pas ? En tout cas, ça recoupe ce que dit Max. Résumons : d'abord Max pense à un boulot fait par une équipe, tout d'ailleurs porte à le croire étant donné le nombre de types rectifiés et la rapidité d'exécution. Entre-temps, si j'ai bien compris, son frère Ben l'alerte en l'avertissant qu'il y a plusieurs types dans l'immeuble. Je crois que Max n'est pas quelqu'un qui se laisse facilement impressionner, et s'il dit ensuite que ses hommes tombaient comme des mouches, ça a pour moi une signification précise. Bon, passons maintenant à l'attaque de la villa à Hamersley... Je veux bien admettre que c'est ce fumier qui a dessiné une croix dans un mur avec sa grosse artillerie. D'ailleurs, ça ne m'étonne pas trop. C'est réalisable par un type entraîné, un sniper utilisant un fusil longue-portée équipé d'un télescope de visée. Avec un grossissement vingt ou trente, on peut voir une mouche sur un front à un demi-kilomètre. Le plus dur, c'est de revenir en ligne après chaque coup et de...

— Passe-nous les détails techniques, tu veux ? cassa Tony.

Spielke eut un sourire bref et déférent à l'égard de son employeur.

— O.K. Donc, Bolan s'amuse à faire un dessin chez Max. Il canarde et canarde encore jusqu'à ce qu'il n'ait plus de munitions.

— Mais pourquoi ? s'exclama Weiser. Pourquoi nous narguer de cette façon ?

— C'est sa façon de faire habituelle. Ce con s'imagine qu'il est toujours un troufion, pour lui c'est une espèce de déclaration de guerre, et il croit que ça va nous intimider.

Arrighi toussota.

— Tu veux dire quelque chose, Max? lui demanda insidieusement Weiser.

— Non, je réfléchissais, répondit l'homme qui avait perdu la presque totalité de sa troupe.

Mais visiblement il était dépassé par la tournure de la discussion.

— Seulement..., reprit Spielke, Bolan n'est pas un mec stupide comme certains le croient. Tony vous l'a dit, il est lucide. Et s'il s'est permis de faire ça, même s'il s'agissait de se payer la tête de Max, c'est parce qu'il était appuyé par un groupe d'assaut planqué pas loin de son objectif. Un commando qui a attendu que la baraque soit sans protection pour s'y introduire. En fait, on peut admettre que ce tir à distance n'était qu'une diversion. Et ça recoupe la tactique employée à Philly et dans le Middlewest. Voilà, je crois qu'on a bouclé la boucle.

— Ça ne change rien au problème, fit valoir Weiser. On a toujours l'épine dans le pied.

Spielke le contra immédiatement :

— Ça change tout, au contraire. Excuse-moi, Sam, mais tu n'es pas un professionnel, tu ne peux pas comprendre l'aspect technique du problème. Si Bolan est bien ici avec une équipe, c'est la grosse merde pour nous. Ça signifie qu'ils vont probablement se diviser pour attaquer sur plusieurs fronts en même temps. Combien avonsnous de contacts à Perth, de planques réparties un peu partout dans la région?

— C'est juste, admit Tony.

— A moins qu'il ramène ses grands pieds par ici, fit valoir Weiser d'une voix mal assurée. S'il est si malin que ça, il sait déjà probablement où nous sommes.

— Hé, faut pas flipper, Sam! Ici, nous avons plus de quarante hommes à notre disposition, tous des pros surentraînés. Il n'est pas fou au point de foncer tête baissée, même avec une dizaine de porte-flingues.

— A moins de lui envoyer une invitation, dit Tony dans un sourire équivoque.

Ils se turent un moment, chacun réfléchissant de son côté. Arrighi lampa à grandes gorgées bruyantes ce qui lui restait de bière, posa la canette vide par terre et rota.

— Et la nana? fit-il après s'être essuyé la bouche d'un revers de main.

— Quoi la nana? demanda Weiser.

— Celle qu'on devait faire jacter.

— C'est justement à elle que je pensais, appuya le boss, le regard fixé sur un point imaginaire. A quoi ressemble-t-elle, Max?

— Elle a un beau petit cul et des nichons bien ronds. Et un regard qui vous fait bander comme un cerf.

— Tu crois qu'elle serait avec la grande pute?

— Non. On s'est renseignés, c'est une femme toubib.

— C'est peut-être une couverture, émit Spielke. Peut-être aussi que c'est un flic.

— Un flic qui lui servirait de contact ?

Le boss les interrompit :

— Aucune importance. Bolan a l'air de bien la connaître. En tout cas, ce qui s'est passé en ville la nuit dernière est la preuve qu'il y tient, à cette gonzesse. Ça pourrait bien être son talon d'Achille.

— Ne me dis pas qu'il pourrait se foutre dans le pétrin pour une nana, objecta Spielke. Personne ne ferait ça, faudrait être complètement givré.

— Tu n'as jamais eu affaire directement à lui, Karl. Moi, je l'ai vu, je lui ai parlé...

— Et tu es encore en vie ? ricana intempestivement Weiser.

— Ouais, Sammy ! Sorti de ton business de conseiller tu ne piges rien à quoi que ce soit. Alors je te demande de la fermer sur ce genre de sujet, t'as compris ?

— Je plaisantais.

— C'était pas drôle. Bon, je vous parlais de la mentalité du grand fumier. On dit qu'il ne s'attaque jamais à ce qu'il appelle les civils et qu'il serait connement prêt à se faire bousiller pour les protéger. Ça, c'est une légende à la con. Mais ce dont je suis sûr, c'est qu'il devient complètement dingue quand on touche à une nana. J'ai pu le constater. Ça lui monte à la tête et il n'arrive plus à se contrôler.

— C'est aussi ce que j'ai entendu raconter, confirma Max Arrighi. Paraît que ça remonte au temps où des copains avaient balancé un peu brutalement sa petite sœur sur le tapin, à Pittsfield. Quand le dabe de Bolan a su ce qui se passait, il a foutu une bastos dans la tronche de la petite connasse. Ensuite il a buté sa femme et s'est suicidé. Des paumés !

— Ouais. Depuis, il fait une fixation. Est-ce que vous voyez où je veux en venir ?

— Il faudrait d'abord qu'on trouve la fille, fit remarquer Spielke qui avait parfaitement compris l'idée du boss.

— Ça va être ton boulot, Sam. Contacte tous ceux qui peuvent nous renseigner, dis-leur qu'il y a une grosse enveloppe pour le gus qui nous donnera le bon tuyau. Qu'ils fassent passer le mot partout où on a des pions.

— Après ce qui s'est produit, elle se planque sûrement.

— Il faudra bien qu'elle en sorte. En mettant toutes nos affaires en sourdine, nous avons le temps.

— La combinaison noire aussi aura tout le temps de saccager nos installations.

— Une ou deux, peut-être, mais pas plus. Ça ne représentera qu'une perte minime. Si personne de nous ne bouge, que veux-tu qu'il fasse ?

— Tu as peut-être raison, admit Weiser. Du moins je l'espère.

— J'ai sûrement raison. Je connais assez ce mec pour savoir ce qui se passe dans sa cervelle tordue !

Songeur, Spielke ajouta :

— Si le coup réussit, il faudra faire savoir à Bolan où on tient la fille. Tu as une idée ?

— T'inquiète pas, Karl. Il le saura, compte sur moi. Après, ce sera à toi de te démerder pour que le bush devienne la tombe de cet enculé.

— O.K., fit Karl Spielke, le front soucieux.

Au fond de lui-même, quelque chose lui suggérait qu'il y avait une faille dans le raisonnement du boss. Certes, le déploiement de quarante hommes permettait aisément d'établir une chausse-trape sur un terrain qu'ils connaissaient bien. Mais son instinct de baroudeur lui tiraillait sournoisement les neurones.

— Qu'est-ce que tu as ? lui demanda sèchement Tony. T'as mal au ventre ?

— Je réfléchissais. Je pensais aussi qu'au lieu de venir se foutre dans le piège, il pourrait tout bonnement nous bombarder de loin avec un mortier ou un canon. Ce ne serait pas la première fois qu'il opère de cette façon.

— Avec la fille en plein milieu ! T'es con ! Je veux qu'à partir de maintenant on ne pense plus qu'à une chose : trouver cette pétasse et me la ramener. Bon, allez-y, commencez tout de suite. Toi, Sam, reste avec moi un moment, j'ai à te parler... Qu'est-ce que vous attendez ?

Arrighi se leva vivement de son fauteuil et

suivit Spielke qui avait déjà la main sur la poignée de la porte. Dès qu'ils furent sortis, Tony le Boss fixa Weiser d'un œil méfiant :

— Dis-moi, Sam... Tu n'aurais pas une idée d'où vient la fuite ?

— Pourquoi voudrais-tu...

— C'est bizarre. Depuis tout à l'heure, je n'arrête pas de me demander comment ça se fait que Bolan s'est manifesté deux jours seulement après ton arrivée.

Weiser ouvrit des yeux horrifiés.

— Tu... tu ne penses quand même pas que...

— Non. Rassure-toi. Je me pose simplement la question. Es-tu sûr de ne pas avoir été filé ?

— J'ai pris toutes les précautions voulues.

— Et Augie ?

Le boss faisait bien sûr allusion à Augie Marinello junior, l'ancien grand patron occulte de la *Cosa Nostra* qui avait pendant des années tiré les ficelles de tout le Milieu de la côte Ouest.

— Que veux-tu dire, Tony ?

— Il se pourrait que de son côté il ne se soit pas montré suffisamment prudent.

— Tu n'y penses pas ! Il est ton associé.

— Et alors ? Tout le monde commet des erreurs.

— Pas de ce genre. Pas lui. Tu sais comment il vit en ce moment, il est obligé de se planquer à cause des Fédés qui lui courent après, il se méfie de tout, il sait ce qu'il fait.

— Après tout, peut-être que c'est Spielke qui

a raison, fit Tony en haussant les épaules. Mais ça voudrait dire qu'il y a eu une indiscrétion ici, au niveau d'un de nos contacts. Un des types auxquels on refile des enveloppes. Sois prudent avec ces mecs, Sam. Sois vachement prudent. On va d'abord régler le problème de la grande pute et ensuite faudra sans doute faire le ménage chez nous.

— J'ai un mauvais pressentiment, Tony.

— Tu déconnes.

— Ne me dis pas que tu es fou de joie à l'idée de savoir que Bolan vient de débarquer sur ton territoire.

— J'ai un compte à régler avec cette ordure. Sais-tu ce qu'il m'a fait à San Diego ? Il a réussi à embobiner l'équipage de mon yacht et il m'a foutu pour plus de cent mille dollars de came à la flotte ! J'ai été obligé de demander la protection des flics. Tu te rends compte ? Ensuite il s'est fait passer pour un poulet et il m'a sorti de taule, comme ça, devant des tas de connards qui lui ont fait risette.

— Merde ! s'exclama Weiser. Tu savais pourtant que c'était lui...

— Pas encore. Et quand j'ai compris, il était trop tard. Mais je l'ai finalement blousé. Je lui ai refilé de faux renseignements et il m'a laissé partir. Plus tard, j'ai arrangé un coup pour faire croire à tout le monde que je m'étais fait descendre. Pour pouvoir me refaire.

— Personne ne sait ici que tu t'appelles Tony Dan...

— Ne prononce jamais ce nom, t'entends!

Les mains de Tony se tordaient nerveusement tandis qu'il revivait en pensée l'odieux affront que lui avait fait subir le fumier habillé de noir.

— A cause de lui j'ai été obligé de me planquer pendant des années, de tout recommencer de zéro. Mais je t'assure qu'il va payer tout le mal qu'il a fait! Ici, il est loin de chez lui, cette enflure. Il ne pourra pas me narguer longtemps.

— S'il a vraiment tous ces types avec lui, ça va faire vilain. On risque de perdre pas mal d'hommes avant de l'avoir.

— Je m'en fous! Il en restera toujours assez pour continuer, et s'il le faut j'en ferai venir d'autres de chez nous. T'as idée de ce que ça représente, la tête de Bolan dans un sac poubelle?

— Il paraît que la prime d'un million de dollars court toujours.

— Ouais. Et en plus, imagine l'effet que ça aura vis-à-vis de l'Organisation... Même Augie n'a pas réussi à l'attraper malgré tous les effectifs qu'il contrôlait. Pendant des années, cette salope s'est foutu de la gueule de tout le monde, il nous a escroqués, pillés, assassinés... Mais c'était aux Etats-Unis, pas sur un territoire comme celui-ci où on peut faire plus de cent bornes sans rencontrer personne. Cette fois, il va tomber sur un os. Je te jure qu'il va payer. J'te le jure! Il faut bien que tu te mettes ça dans la tête, Sam.

CHAPITRE IX

L'avion était un Piper Warrior PA 28 pouvant transporter quatre personnes, pilote compris. Bolan avait pris place à droite de Linda Davies et observait la zone survolée, mille mètres en-dessous d'eux. Depuis un moment, ils suivaient un chemin parallèle à la longue route rectiligne qui va de Perth à Kalgoorlie.

Bolan avait pu apercevoir un « Road-train », un train routier constitué de cinq grosses remorques tirées à vive allure par un tracteur énorme. Un autre convoi du même genre se signalait à présent en avant de leur route et venant dans leur direction.

— C'est ici le principal moyen de transport de marchandises, lui avait expliqué la jeune femme. Il y a même des road-trains de six ou sept remorques qui assurent la liaison d'ouest en est entre Perth et Sydney. Un peu plus de quatre mille kilomètres, à la moyenne de cent à l'heure.

Ils volaient depuis près de deux heures. A l'aplomb de Yellowdine, Linda Davies cessa de survoler la route et fit virer son appareil pour mettre le cap au nord.

— On pique sur Lake Ballard, annonça-t-elle. Nous y serons dans moins de vingt minutes.

Il ne fallut en effet que dix-huit minutes avant de découvrir sous les roues un petit village d'une trentaine de maisons en bois que le PA 28 survola à deux cents mètres de hauteur. Plus loin, on distinguait un bras du lac Ballard qui s'allongeait et venait effleurer l'agglomération. Une végétation importante se développait de ce côté.

— Vous voulez que je me pose maintenant ? demanda-t-elle.

Bolan inspectait l'endroit avec des jumelles.

— Faites un nouveau passage plus près, à angle droit.

Après un virage serré, l'appareil longea les maisons alignées de part et d'autre d'un semblant de rue unique. La plupart étaient délabrées. Seuls deux bâtiments paraissaient en bon état : une construction de plain-pied bordée par un grand espace cultivé, et ce qui paraissait être un saloon — du moins était-ce l'inscription qui figurait sur un panneau accroché sur la façade d'une bâtisse à deux niveaux.

Mais aucun signe de vie n'animait l'endroit qui donnait toutes les apparences d'un abandon total. Très près de la petite agglomération, de nombreux orifices étaient visibles dans le sol, s'étendant sur plusieurs centaines de mètres, des entrées de mines.

108

— Allez-y, posez-vous le plus près possible.

Immédiatement, le Piper exécuta un virage aigu. Moteur réduit à 1500 tours/minute, volets sortis, il fit une approche impeccable et ses roues touchèrent le sol sans le moindre rebond. Lorsqu'il s'immobilisa, Bolan détacha sa ceinture et ouvrit la porte de cabine. Un silence pesant succéda au ronronnement du moteur. Le soleil bombardait impitoyablement les lieux, créant çà et là des effets de miroir, des tremblotements de l'air qui déformaient la vision dans un climat d'irréalité.

Il vérifia le chargement de son Beretta, saisit sur un siège arrière un petit pistolet-mitrailleur micro-Uzi dont il passa la bandoulière à son épaule.

— Attendez-moi, déclara-t-il.

— Pas question! s'insurgea-t-elle. Je viens avec vous. Essayez donc de m'en empêcher...

Jugeant inutile d'essayer de la convaincre, il lui dit sèchement :

— O.K., mais restez à distance. Je ne veux à aucun moment vous avoir dans les jambes.

— Vous craignez une mauvaise surprise? Il n'y a manifestement personne ici.

— Faites ce que je vous dis et taisez-vous, gronda-t-il, commençant à avancer vers la maison des Torres.

Il s'en approcha avec circonspection, s'y introduisit et en examina toutes les pièces, la fille le suivant à quelques mètres.

— J'ai déjà visité cette maison, lui indiqua-t-elle, et je n'y ai découvert aucun indice.

— Est-ce que les Torres fumaient?

— Non.

Bolan se baissa et lui montra le mégot d'une cigarette de marque américaine.

— Et ça?

— Je n'ai rien vu de la sorte et pourtant j'ai bien regardé partout. Quelqu'un est donc venu ici depuis mon passage.

Délaissant la demeure, il partit à grands pas dans la rue poussiéreuse en direction du saloon. Le micro-Uzi prêt à cracher ses trente ogives Parabellum, il poussa la porte à double battant d'un coup d'épaule, fit irruption dans une grande salle au plancher en bois et meublée de tables ainsi que d'un comptoir tout en longueur. Une galerie en mezzanine courait sur trois côtés de la bâtisse, desservant vraisemblablement des chambres dont on apercevait les portes en enfilade.

Personne là non plus. Mais il y avait eu pourtant une occupation récente. Des bouteilles de bière vides jonchaient le comptoir, quelques boîtes de conserve ouvertes traînaient sur les tables et par terre. Une odeur de tabac flottait également dans l'air. L'instinct de Bolan l'avait immédiatement mis en alerte. Il jeta un coup d'œil à Linda Davies qui attendait de l'autre côté de la porte à double battant, alla prendre position à l'opposé du comptoir, près d'un poêle en fonte, et engloba du regard la totalité de la salle.

Deux portes fermées se découpaient dans une cloison sur sa droite, une autre plus petite donnait probablement accès à une remise. Tout était calme, immobile, et le seul bruit qu'il entendait venait d'un robinet mal fermé qui coulait au goutte à goutte dans un évier au fond de la salle. Mais Bolan avait la certitude d'une présence quelque part dans la bâtisse ou à l'extérieur, très proche, en tout cas. Il fit quelques pas sans chercher à en étouffer le bruit, à l'abri sous le couloir en mezzanine qui le surplombait, s'arrêta et retint son souffle. Cette fois, il perçut un léger grincement puis un infime craquement, sans doute le bois qui gémissait sous un poids quelconque. Subitement, au-dessus de la porte basse il vit les yeux de Linda Davies qui s'écarquillaient, sentit toutes les fibres de son corps se tendre d'un coup.

D'une détente, il bondit au centre de la salle, dirigeant en même temps le canon de son P-M dans la direction du regard de la jeune femme. Une fraction de seconde plus tard, il appuyait sur la détente du micro-Uzi, libérant une courte rafale qui faucha la silhouette apparue dans l'encadrement d'une porte, à l'étage. Le type lâcha le fusil à pompe qu'il avait commencé à braquer vers le bas, se cassa en deux, bascula par-dessus la rampe et s'écrasa sur le parquet dans un bruit sourd.

Mais déjà un second personnage se découpait là-haut, faisant crépiter une mitraillette dont la première rafale hacha une table en faisant voler des échardes en tous sens. L'Exécuteur s'était attendu à l'entrée en scène d'un comparse, en accord avec les méthodes de la mafia. A l'instant où il avait repéré le second tueur, il avait plongé sous l'étage. Il envoya une longue giclée de plomb en furie à travers les planches et eut la satisfaction de voir un corps traverser la mezzanine et décrire en hurlant une gracieuse courbe aérienne. Un choc sourd et ce fut tout. Le buteur avait rejoint son copain de malheur dans l'éternité.

Se lançant dans l'escalier qui donnait accès au niveau supérieur, l'Exécuteur atteignit la passerelle de bois, ouvrit les portes à la volée une à une, s'apprêtant à tirer au moindre mouvement suspect. Mais l'étage ne recélait plus aucune présence. Ces deux-là étaient sans aucun doute des gardiens que la mafia avait laissés sur place pour le cas d'une visite importune. Donc, s'il y avait quelque chose à garder, cela voulait dire que Bonnie Downs était devenu une planque. Pour quoi, pour qui? C'était ce qu'il restait à découvrir.

Linda Davies était toujours debout contre le chambranle de la porte et observait le macabre spectacle avec des yeux horrifiés.

Redescendant, Bolan lui fit signe de le suivre et s'achemina le long de la rue poussiéreuse jusqu'à l'extrémité du village, là où commençaient les excavations minières. Il ne pensait pas qu'il pût y avoir encore un quelconque danger dans les alentours mais il restait sur ses gardes, les sens en éveil.

Dès son arrivée, il avait noté des traces de pneus sur le sol poussiéreux. Des traces d'inégale importance qui s'enchevêtraient mais dont certaines restaient significatives. Des camions ou des véhicules tout-terrain avaient roulé là, ainsi que des voitures de tourisme.

Suivant les marques apparentes sur le sol, il aboutit environ deux cents mètres plus loin à l'entrée sombre d'un puits désaffecté. Pourtant, il semblait qu'il y ait eu récemment une importante activité dans ce périmètre. Les empreintes d'une multitude de pas prenaient le relais, montrant clairement que des hommes avaient évolué là, peut-être pour décharger un camion.

L'orifice comportait un muret de protection dans lequel étaient fixés les premiers barreaux d'une échelle métallique. Une sorte de palan en bois supportait une grosse corde passée dans une poulie, dans le but évident de monter ou descendre des charges dans le puits.

Bolan se pencha, aperçut une torche attachée à un barreau de l'échelle par une chaînette. Il s'en empara, enjamba le muret et commença à descendre dans la galerie verticale, sans se soucier de sa compagne qui s'était approchée.

Une dizaine de mètres plus bas, il dut allumer la torche et poursuivit sa descente jusqu'à l'amorce d'un couloir qui s'étendait horizontalement et présentait des traces récentes de passage. Il y avait des éboulis un peu partout et des empreintes de chaussures dans la terre humide. Un peu plus loin, il déboucha dans une salle souterraine taillée dans la terre et la roche. Des étais y avaient été placés. Des étagères aussi, faites de planches coupées depuis peu, et sur lesquelles on avait entreposé des sacs en plastique.

Bolan eut un rictus de satisfaction. Il avait trouvé la planque de Bonnie Downs. D'un coup de couteau, il éventra l'un des sacs d'où s'écoula aussitôt une poudre blanche qu'il goûta du bout de la langue. C'était à n'en pas douter de l'héroïne de la meilleure qualité.

Sur d'autres étagères il découvrit aussi des paquets plus volumineux contenant une pâte de couleur brunâtre qu'il identifia comme de la morphine-base.

Et voilà! La *Cosa Nostra* se servait de l'Australie comme nouveau tremplin pour stocker de la came et la dispatcher tous azimuts. Ces immenses étendues quasi désertiques procuraient évidemment de grandes facilités d'acheminement, de dissimulation et de manipulation.

Du classique, en somme! Ce qui l'était moins, c'était la découverte d'héroïne pure, dernier maillon du traitement de l'opium. Où les gros marchands de came s'étaient-ils approvisionnés? Un point qu'il faudrait élucider pour liquider les nouvelles filières.

Bolan en avait assez vu pour l'instant. Il

114

remonta au grand jour et retrouva le jeune femme assise sur la margelle.

— Vous avez trouvé quelque chose d'intéressant? s'enquit-elle nerveusement.

Il lui parut perdu dans ses pensées, le front soucieux et le regard dans le vague. Puis il se mit à marcher lentement sur un trajet parallèle au village, la fille sur les talons. Une cinquantaine de mètres plus loin, il s'arrêta, flairant l'atmosphère. Par là aussi il y avait des traces de pneus et de pas, mais le tout se confondait dans la terre, le sable et la caillasse.

— Qu'avez-vous? lui demanda-t-elle au bout d'un moment, le voyant immobile près d'un puits de mine.

Une brise légère lui envoyait une odeur fétide, désagréable. Une odeur qu'il ne connaissait que trop bien, hélas.

Le puits de mine sur lequel il se pencha mesurait à peu près quatre mètres de diamètre. Là aussi on pouvait s'introduire en utilisant une échelle en bois qui s'allongeait jusqu'à un palier visible de la surface. De nouveau, Bolan s'enfonça vers les profondeurs, s'arrêta sur le palier consolidé avec des étais et s'avança dans un renfoncement qui constituait l'amorce d'une galerie. Il n'eut pas à aller bien loin. D'ailleurs l'odeur devenait de plus en plus forte, presque insoutenable. Des couinements aigus se faisaient entendre.

Au bout de quelques pas, il s'arrêta devant un

amoncellement de terre fraîchement remuée avec une pelle rouillée abandonnée sur place, et sur lequel crapahutaient des rats qui se disputaient des débris immondes.

Bolan les dispersa à coups de pied, ramassa la pelle et entreprit de dégager ce qui lui apparaissait déjà comme une vision de cauchemar. A mesure qu'il remuait la terre, l'odeur devenait pestilentielle.

Au bout de quelques secondes, il sentit une présence dans son dos. Linda Davies était descendue à son tour. Elle se tenait à deux mètres de lui, écarquillant les yeux pour essayer de distinguer ce qu'il faisait dans la pénombre.

— Remontez! ordonna-t-il d'une voix glacée.

— Je veux voir ce qu'il y a ici. Cette odeur...

Elle toussota, eut un petit spasme.

— Je ne vous conseille pas de regarder, ajouta-t-il, à moins que vous aimiez le grand guignol.

— Mais je suis médecin, pas une petite fille!

Bolan soupira, fit deux pas en arrière et lui laissa le passage.

— Alors ouvrez bien les yeux et serrez les dents, toubib! Peut-être qu'après ça vous saurez exactement ce que sont les amici.

Hésitante, tout d'abord, elle alla se pencher sur les restes que l'Exécuteur avait mis à jour, demeura de longues secondes immobiles, comme hypnotisée par le hideux spectacle. Puis elle se redressa lentement et lui fit face, le visage blême,

116

les lèvres agitées d'un tremblement et le regard flou. Quelques pas accomplis mécaniquement la conduisirent tout près de Bolan contre lequel elle s'appuya. Puis elle chancela et il dut la soutenir.

— Je... je ne pensais pas..., bredouilla-t-elle.

D'un coup, son joli corps se ramollit complètement et Bolan eut juste le temps de se baisser pour la recueillir sur son épaule.

— Il ne manquait plus que ça, maugréa-t-il en faisant demi-tour avec son fardeau pour remonter les échelons vers la surface.

En haut, le soleil l'accueillit impitoyablement dans une fournaise qui allait en s'accentuant avec sa progression dans le ciel. Il n'était que 10 heures du matin et la journée de l'Exécuteur ne faisait que commencer...

En attendant, il se retrouvait avec une fille évanouie sur le dos et qui commençait à lui poser un sérieux problème de sécurité. Il aurait dû prévoir sa défaillance, bien qu'elle fût une professionnelle habituée aux situations critiques. Ce qu'elle avait vu au bas de cette échelle pourrie avait en effet de quoi retourner les cœurs les mieux accrochés. Six corps. Six cadavres en décomposition déjà bien avancée, que les rats déchiquetaient avec de petits cris atroces.

Les rats... Bolan eut l'image mentale d'autres rats qui s'apprêtaient à se partager un festin tout aussi abominable et qui n'hésitaient pas pour ce faire à se comporter comme d'ignobles hyènes.

Cette fois encore, les cannibales s'en étaient

pris à des innocents, à des êtres sans défense dont deux gosses d'une dizaine d'années. C'était à en hurler d'horreur et de haine.

Mais Bolan n'avait pas envie de hurler. Tout en transportant la jeune femme jusqu'à l'avion, il examinait froidement les incidences de ce qu'il venait de découvrir sur l'assaut qu'il allait devoir lancer contre la mafia locale. En cet instant brûlant et quasi irréel, à Bonnie Downs, la haine ne conduisait pas ses pensées, elle était remplacée par un mécanisme glacé, implacable, qui travaillait tout au fond de son être à intégrer des données de situation, à analyser et à prévoir les axes de son prochain blitzkrieg. Quant à l'horreur, elle faisait depuis longtemps partie de la vie que Mack Bolan avait choisi de mener et il ne s'en émouvait guère.

Dans ce coin perdu et désertique, l'Exécuteur avait découvert l'une des planques de la mafia en Australie occidentale. Il y en avait certainement de nombreuses autres qu'il n'aurait pas le temps de chercher.

Mais il avait aussi trouvé la famille Torres. Six êtres innocents dont les activités ne dérangeaient personne, sauf certaines ordures qui n'avaient pas hésité à les supprimer pour satisfaire leur infâme boulimie.

La mafia devrait payer pour ça aussi.

CHAPITRE X

— Qu'est-ce qui se passe? Où sommes-nous? balbutia-t-elle en reprenant conscience avec un petit sursaut nerveux.

Elle avait l'air d'être complètement paumée. Se redressant sur le siège du copilote, elle jeta un regard affolé à travers le cockpit sur le paysage désertique qui défilait en contrebas.

— Nous avons quitté Bonnie Downs depuis trois minutes, lui répondit Bolan. Cap 250.

— Vers Perth?

— Oui.

Un instant elle garda le silence, comme cherchant à faire le point sur elle-même. Ses yeux s'embuèrent soudain.

— C'est abominable... Comment peut-on faire une telle chose?

— Demandez-vous plutôt pourquoi ils le font, rétorqua Bolan.

— Alors... pourquoi? Je n'arrive pas à comprendre.

— Ils veulent le monde entier, Linda, et ils

sont prêts à tout pour y parvenir. Vous venez d'en avoir un petit échantillon.

— Mais ce sont des êtres humains ! s'insurgea-t-elle.

— Les amici n'ont d'humain que le qualificatif.

— C'est affreux.

— Bien sûr.

Elle était encore livide et ses mains tremblaient un peu. Au bout d'un moment, elle parut vouloir chasser de sa tête les images macabres et s'enquit :

— Qu'avez-vous découvert dans la première mine ?

— De la came. Plus précisément, de l'héroïne et de la morphine-base.

— En grosse quantité ?

— Suffisamment pour inonder une ville comme Perth ou Darwin pendant plusieurs mois. Et soyez sûre que Bonnie Downs ne constitue pas une planque unique.

Elle s'exclama :

— Il y a eu une augmentation du taux de toxicomanie, ces derniers temps. Les hôpitaux ont également eu à soigner de nombreux cas d'overdose. Je comprends maintenant pourquoi.

— Les drogués sont-ils nombreux en Australie ?

— Pas plus qu'ailleurs. En tout cas il y en a beaucoup moins qu'aux Etats-Unis. Ici, c'est surtout les boissons alcoolisées qui occasionnent des ravages. Nous avons de très nombreux pubs, en ville, où les gens viennent se soûler régulièrement, hommes et femmes sans distinction.

Linda Davies, à présent, reprenait un peu de couleurs. Elle désigna au sol une route rectiligne que le Piper Warrior n'allait pas tarder à croiser :

— Prenez cet axe, ça nous mènera tout droit à Perth.

Bolan modifia son cap.

— Vous avez bien dit de l'héroïne ? enchaîna-t-elle.

— Suffisamment pure pour être rallongée et vendue au détail.

— Ça ne colle pas. A ma connaissance, il n'existe pas de laboratoire de traitement de la morphine en Australie. Ni à usage médical, ni clandestin.

— Pas à votre connaissance, non, ricana Bolan. Croyez-vous que la mafia irait claironner partout qu'elle a monté chez vous un labo de raffinage ? Ne soyez pas naïve à ce point. En plus, j'ai le sentiment que les amici bénéficient de pas mal de complicités dans ce coin. Si les flics de Kalgoorlie n'ont pas donné suite à votre demande, c'est qu'ils sont déjà atteints par la gangrène. Certains d'entre eux, du moins. Je parie que les amici ont commencé par se faire des tas de relations bien placées dans les principales villes. Il y a toujours et partout des gens prêts à vendre leurs services.

— C'est écœurant...

Elle soupira, reprit :

— Pour en revenir à l'héroïne, je pensais qu'elle provenait systématiquement d'Europe après raffinage de la morphine-base. Il paraît que la French connection existe toujours, qu'elle n'a jamais véritablement été démantelée.

— On n'élimine pas un cancer en supprimant simplement la tumeur centrale. Il reste toujours des métastases qui donnent naissance à des abcès encore plus virulents. Mais en l'occurrence je ne crois pas que l'héroïne ait fait tout ce chemin depuis l'Europe occidentale jusqu'ici.

Bolan lui expliqua ce qu'il pensait de la question. Cette fois, le problème se présentait sous un aspect géographique. Le continent australien est tout proche d'une multitude d'archipels allant de la Malaisie à la Nouvelle-Guinée. Plus au nord, le Sud-Est asiatique, et le Moyen-Orient un peu plus à l'ouest. Toute cette immense région constitue ce que l'on nomme le croissant d'or, depuis la Turquie en passant par l'Iran, l'Inde, l'Afghanistan et le Pakistan, les plus gros producteurs d'opium.

La filière habituelle transitait par la Turquie où était vendu l'opium qui subissait alors une première transformation pour donner de la morphine-base expédiée ensuite en Europe, dans des laboratoires clandestins qui se chargeaient de l'obtention du produit final : l'héroïne.

Ça, c'était le schéma classique. Mais Bolan

était quasiment certain que les cannibales puants implantés en Australie en avaient sérieusement modifié le tracé. Connaissant la mentalité mafieuse, il était en effet paradoxal que la came provienne de l'Europe de l'Ouest, une distance de plus de treize mille kilomètres, après avoir déjà effectué le trajet depuis la Turquie. Une question de rentabilité, de gros sous.

Il était évidemment beaucoup plus lucratif de traiter en direct avec des pays comme l'Iran ou le Pakistan. Pas d'intermédiaires : directement du producteur au grossiste ! Par ailleurs, en suivant cette voie raccourcie, les contrôles devenaient pratiquement inexistants. Une aubaine que les spécialistes de la magouille mafieuse n'avaient sûrement pas laissée passer. Oui, c'était même plus que probable.

Cela laissait entrevoir une sacrée organisation, mais n'était-ce pas le propre de la mafia d'organiser tout ce qui avait trait à l'illégalité ? En en tirant de monstrueux profits, bien sûr.

— Demandez-vous combien il existe de zones franches en Asie du Sud-Est et dans l'archipel malaisien, fit-il remarquer à Linda Davies. Vous comprendrez mieux de quelle façon la *Cosa Nostra* s'y prend pour faire entrer sans problème les stupéfiants dans votre pays.

— C'est une hypothèse valable, dit-elle, songeuse.

— Pas seulement une hypothèse. Une réalité. A moins que j'aie été victime d'une hallucination dans cette mine, sourit Bolan. Savez-vous quel est le prix d'un kilo de morphine-base en Turquie, au cours actuel?

— Je n'en ai pas la moindre idée.

— Environ trente mille dollars américains. Lorsqu'elle devient de l'héroïne, elle est vendue 250.000 dollars aux grossistes qui la coupent et la lancent sur le marché de détail qui rapporte alors près de deux millions de dollars, toujours au kilo... Vous y êtes?

— Un profit qui donne le vertige!

— Imaginez maintenant un approvisionnement en direct, sans intermédiaires et vous aurez une idée précise de ce que ça rapporte à la mafia.

Elle s'installa de côté sur son siège pour mieux le regarder, demanda :

— Au sujet des zones franches, êtes-vous au courant du projet australien?

— J'ai seulement entendu certaines rumeurs. Il paraît que Darwin et Bunburry pourraient devenir des ports francs, avec tout ce que cela implique dans le domaine des facilités douanières et de la magouille internationale.

— Exact. L'idée émane de l'Agence du Sud-Ouest mais elle avait été laissée en suspens. On en reparle pourtant depuis quelques mois, six ou sept, je crois. Ça remonte à l'époque où le gouvernement avait décidé d'étendre ses relations avec les USA. Il y a eu un brusque afflux d'hommes d'affaires américains, des conférences, des rencontres de toutes sortes, aussi bien dans les locaux de l'administration que dans les lieux publics. La presse en avait fait état. Je me souviens aussi qu'un journal avait dénoncé diverses affaires véreuses dans le cadre de cette coopération. Ça a failli tourner au scandale mais on n'en a plus entendu parler par la suite.

— L'affaire a été étouffée...

— C'est ce que tout le monde a pensé. Mais le temps a estompé les passions.

— Pendant que certains continuaient de s'implanter et de mettre au point leurs combines.

Bolan eut un sourire sans joie. Après avoir pourri les USA, les amici s'étaient attelés à dévorer le continent australien. C'était aussi simple que ça.

A présent, tout s'éclaircissait. Après s'être assuré suffisamment de complicités, la *Cosa Nostra* avait lancé ce qui constituait évidemment le commerce illicite le plus rapidement lucratif : les stups. Cela dans une étape préliminaire, afin d'amasser un maximum de gros pognon en vue de la phase finale : la mainmise et le contrôle des futures zones franches australiennes en liaison directe avec les ports francs de Singapour, de Hong-Kong, et les quelque deux cents autres territoires franchisés du Sud-Est asiatique...

Bolan n'était pas un spécialiste de la question, mais il savait très bien comment fonctionne une zone franche dont le premier privilège est d'être exempté de taxes douanières. Ces secteurs bénéficient du droit d'extra-territorialité et, par le fait, sont le siège d'innombrables manipulations et traficotages de tous ordres. On y stocke toutes sortes de produits, de matériels en attente de hausse de prix et l'on y fait évidemment transiter des denrées interdites sans qu'il puisse y avoir un quelconque contrôle officiel. Evidemment, la corruption règne en maîtresse absolue.

Certains experts n'ont d'ailleurs pas hésité à qualifier les zones franches « d'îles de l'archipel de l'anti-monde ». Des espaces secrétés par la société de consommation, tolérés et craints par le monde « normal ».

L'Exécuteur avait eu l'occasion de visiter le cœur du port franc de Hong Kong. Il y avait observé d'interminables clôtures, une kyrielle de miradors, des vigiles, des chiens de garde, des radars et une infinité d'alarmes électroniques. C'était à n'en pas douter l'un des paradis de la fiscalité inexistante et de la grande magouille internationale.

Quoi de surprenant, donc, à ce que la mafia ait déjà affermi ses griffes sur le nouveau territoire austral ? La « Terre promise » dont Bolan avait entendu parler en Californie... Promise par qui ? Evidemment par le dieu païen aux dents pointues qui avait toujours su guider ses fils dégénérés vers de macabres mais enrichissants festins. Et peut-être bien que l'ami Augie Marinello junior n'était pas autre chose que le grand prêtre qui avait organisé le gueuleton australien.

Celui-là était en cavale, mais régnait encore

126

occultement sur certaines familles de la *Cosa Nostra*. Bolan le connaissait suffisamment pour le soupçonner très fort d'avoir organisé à distance et financé le « carrousel australien ». Il y avait aussi l'homme que l'Exécuteur avait filé depuis la Californie, Sam Weiser, qui avait été l'un des principaux conseillers d'Augie. Ce n'était assurément pas une coïncidence.

Quoi qu'il en fût, le carrousel australien se présentait déjà comme une immense magouille qu'il n'était pas question de laisser s'étendre. La mafia avait l'avantage du nombre et de la connaissance du terrain. L'Exécuteur, lui, bénéficiait d'une grande mobilité et n'ignorait rien des méthodes ni de la psychologie des cannibales qu'il combattait. Il pensait donc que les chances étaient à peu près équilibrées.

Ils se posèrent sur l'aéroport de Midland à 12 h 35. Bolan fit monter Linda Davies dans sa Porsche qu'il lança aussitôt en direction de Perth. Il s'arrêta devant le studio où elle avait déjà séjourné, lui indiqua :

— Allez vous installer là-haut et n'en bougez plus jusqu'à ce que je me manifeste.

— Ce sera long ?

— Je n'en sais encore rien, j'ai besoin de quelques renseignements complémentaires. Il se peut qu'ensuite je passe directement à l'attaque. Les consignes sont toujours les mêmes.

Elle frémit.

— Vous reverrai-je ?

— Je vous l'ai déjà promis.

— Et si..., commença-t-elle en se mordillant les lèvres.

— Si je ne revenais pas? lui sourit-il.

— Mack, soyez prudent, je vous en supplie.

— Ne vous inquiétez pas jusqu'à demain matin. Si je n'ai pas repris contact à ce moment-là...

Bolan hésita un court instant, fouilla dans le vide-poches et en retira un calepin sur lequel il écrivit une série de dix chiffres. Détachant la page, il expliqua :

— Ce numéro est un correspondant à Washington. Demandez Justice Deux et dites-lui que vous appelez de la part de Striker. Expliquez-lui la situation. Vous vous souviendrez?

— Sans problème. Qu'est-ce que c'est : les services secrets, le FBI?

— Le FBI. Je ne fais aucune confiance à vos policiers, Linda. Je suis incapable de savoir qui est honnête ici et qui touche des enveloppes.

— Mais comment le Bureau fédéral américain pourrait-il intervenir ici?

— Il existe des accords internationaux entre nos deux pays. En cas d'échec de ma part, ce sera peut-être la dernière chance de stopper les cannibales.

— Entendu. Je voudrais vous dire, Mack...

— Striker.

— O.K. Ne vous faites pas tuer, Striker. Je...

Elle laissa sa phrase en suspens et Bolan ne

l'aida pas à poursuivre. Brusquement elle se pencha vers lui, lui déposa un baiser furtif sur les lèvres.

— Revenez-moi. Revenez vite ou c'est moi qui irai vous chercher, Mack Bolan.

Puis elle ouvrit la portière et se dirigea rapidement vers l'entrée de l'immeuble. Il attendit qu'elle ait disparu dans le hall, s'efforçant de refouler l'émotion qui montait en lui, serra les dents et fit démarrer la Porsche en direction du centre-ville.

Ce ne fut qu'un peu plus loin qu'il s'aperçut que la jeune femme avait oublié sa sacoche. Celle-ci avait glissé sur le plancher du véhicule lorsqu'elle en était descendue. Mais il était trop tard et cela n'avait pas une grande importance.

Il avait quelques heures devant lui pour recueillir le plus possible d'informations avant de lancer son blitz final. Les attaques qu'il avait lancées contre les amici avaient eu pour but de les désorganiser, de les obliger à commettre des erreurs. A présent, il s'agissait d'observer ce qui allait tomber de l'arbre aux fruits pourris qu'il avait secoué.

Car l'Exécuteur ne tenait pas seulement à porter quelques coups isolés à la mafia, même ci ceux-ci étaient capables de révéler publiquement le projet criminel en cours de réalisation. Il connaissait trop bien l'aptitude vicelarde des amici à retomber sur leurs pattes. Il voulait trouver le grand Manitou local. Le trouver et le liquider ensuite avec son staff de gros combinards afin de désintégrer le carrousel australien.

Peut-être cette fois allait-il se heurter à trop forte partie et laisserait-il sa carcasse sur ce nouveau champ de bataille ? Qu'importait, après tout ? Il fallait bien que cette échéance survienne un jour. Il n'avait que sa vie à perdre. La mafia, elle, y laisserait bien autre chose.

La sanglante croisade qu'il menait depuis ce qui lui paraissait être des siècles avait trempé son esprit de combattant et son âme au point de le transformer en une implacable machine de guerre. Il était devenu un sauvage parmi les sauvages. Le plus sauvage d'entre tous, bien décidé à se battre avec un maximum de férocité. C'était son atout majeur.

CHAPITRE XI

Mack Bolan voulait donner aux vampires de la *Cosa Nostra* le temps de bien se pénétrer du fait qu'ils ne pouvaient plus, à présent, évoluer sous le couvert des protections qu'ils s'étaient créées. Aussi leur accorda-t-il un répit apparent, les laissant échafauder toutes sortes d'hypothèses, tandis que les esprits devaient commencer à s'échauffer, que les téléphones et les radios ne manquaient sûrement pas de fonctionner à tout va.

Il occupa la première partie de l'après-midi à se renseigner auprès de diverses autorités sur le fonctionnement de l'administration australienne et sur ses points faibles. Il aurait pu tout bonnement se contenter de foncer tête baissée sur son objectif après en avoir défini les coordonnées, mais il tenait particulièrement à comprendre le mécanisme ayant permis aux mafiosi de s'implanter sur ce territoire avec tant de facilité. Il voulait aussi savoir quelles étaient les complicités dont les mafiosi avaient pu bénéficer.

Le résultat de ses investigations le fit grincer des dents. Il existait en effet de nombreux moyens pour les amici de s'infiltrer tranquillement dans le contexte australien. Depuis les accords de coopération avec les USA, le gouvernement avait ouvert toutes grandes ses portes à l'immigration, favorisant l'implantation de sociétés américaines aussi bien qu'européennes. Il y avait un filtrage qui se résumait à de simples enquêtes de moralité sur les sociétés postulentes, à l'exigence de certificats et de diplômes pour ceux qui venaient chercher fortune dans les villes du littoral.

Mais il n'était pas difficile d'imaginer les falsifications, les déclarations bidon et les trafics d'influence qui avaient permis aux chacals d'apparaître tels d'innocents agneaux.

Pour ne parler que de la ville de Perth, celle-ci constituait un exemple typique de perméabilité et de fascination pour la racaille mafieuse. Fondée en 1829, elle avait dû attendre jusqu'à 1950 pour prendre véritablement son essor, avec les fabuleux gisements minéraliers de fer, de nickel, de bauxite, et bien sûr d'or. Elle était devenue une cité de gratte-ciel où vivaient la plupart des milliardaires australiens. C'est dire à quel point l'évolution technologique, industrielle et commerciale en avait bouleversé les structures sociales. Et, maintenant, il y avait l'attrait quasi hypnotique du projet concernant les ports francs... Un appât irrésistible pour les gros combinards de la *Cosa Nostra*.

D'évidence, cela faisait de longs mois que la mafia avait débuté son projet monstrueux. Une consultation à la Chambre de commerce avait appris à Bolan qu'une effarante quantité de sociétés avaient changé de main depuis environ un an, à la suite de faillites ou de mises en liquidation, ou bien encore qu'elles avaient été rachetées pour des bouchées de pain à la suite de difficultés financières. Un mécanisme bien connu et propre aux amici qui étaient d'éminents spécialistes en matière de captation de biens.

En ce qui concernait sa découverte du matin, Bolan envisageait aisément aussi ce que pouvait représenter pour les mafiosi l'appropriation de terrains et de villages miniers quasi abandonnés, comme celui de Bonnie Downs, de Remlap et de bien d'autres encore. Ils avaient dû les acheter sans la moindre difficulté et en toute légalité, puisque la législation australienne favorisait ces acquisitions.

Linda Davies lui avait appris que les galeries minières du Sud-Ouest constituaient un fantastique labyrinthe souterrain de plus de mille cinq cents kilomètres, qui s'enchevêtrait en s'étendant dans toutes les directions. Il y avait là de quoi bâtir un véritable réseau de caches dans un secteur devenu un gigantesque morceau de gruyère. De quoi y stocker des tonnes et des tonnes de came et de tous autres produits ou matériels illicites.

Il pensait avoir également trouvé la position

géographique du QG de la mafia. Le numéro de téléphone que Max Arrighi avait appelé dans la nuit depuis Hamersley — et que l'Exécuteur avait enregistré — correspondait, selon les télécommunications australiennes, à une propriété située à une vingtaine de kilomètres à l'est de Paynes Find, entre Lake Moore et Lake Barlee. La liaison était assurée par le relais de radiotéléphonie de Paynes Find.

L'abonné était un certain David Bradley, autrement dit Dave Scapelli.

Tout s'enchaînait donc avec logique et Bolan repensa à la voix qu'il avait entendue dans ses écouteurs, peu avant de déclencher un déluge de plomb sur la villa occupée par Arrighi et ses *soldati*. Le timbre et les inflexions du correspondant ne lui étaient pas inconnus et le prénom — Tony — évoquait pour lui des souvenirs relativement lointains mais qui restaient gravés dans sa mémoire de façon indélébile.

Réflexion faite, une telle coïncidence lui paraissait impossible, eu égard à des événements sanglants qui s'étaient déroulés à San Diego dans le passé et au cours desquels le Tony en question était censé avoir rendu son âme pourrie au diable.

Impossible ? Pas si sûr. Et, s'il s'agissait bien du même personnage, il se pouvait qu'il fût aussi le coordinateur de toutes les affaires locales.

Il était 15 h 45 quand Bolan entra dans une cabine téléphonique de Wellington Street et composa le numéro de la propriété entre les deux lacs. Une voix circonspecte lui répondit aussitôt :

— Oui, ici le ranch. Qui est-ce ?

— Jeffrey, répliqua l'Exécuteur sur le même ton prudent. J'appelle de L.A.[1]

Il faisait référence à un personnage qui existait réellement.

— Heu, oui... Jeffrey comment ?

Bolan éluda d'un ton cassant :

— Est-ce que Tony est là ?

— Vous voulez dire le patron ?

— Qui veux-tu que ce soit d'autre ?

— Ouais, ouais... Non, il est pas ici pour le moment. Vous devriez rappeler plus tard.

D'évidence, il s'agissait d'un sous-fifre.

— Et Max ? Ne me dis pas qu'il n'y a personne dans cette baraque !

— Non, bien sûr... Je vais le chercher.

— Dis-lui qu'il se magne le cul, on est en pleine conférence, ici.

Bolan eut le temps d'allumer une cigarette avant qu'un autre correspondant s'annonce sur la ligne. Il reconnut la voix rauque de Max Arrighi :

— Je vous écoute. C'est bien, heu, Jeffrey P...
P comme Philadelphie ?

— Ouais. Comment ça se passe pour vous ?

Il y eut un silence gêné, puis :

— Ça va, ça va... On tient tout bien en main.

---

1. L.A. : abréviation très usitée de Los Angeles, Californie.

— Ne me raconte pas d'histoires, Max. Avez-vous résolu vos problèmes?

— Presque, répliqua Max d'une voix coincée. Dites, j'vous entends comme si vous étiez tout près.

— Moi aussi. Avec les satellites-relais, on pourrait presque se toucher. Mais c'est pas pour discutailler que j'appelle. On vient de me dire que Tony Danger est absent. Qu'est-ce qu'il fout? On voudrait bien qu'il nous tienne au courant.

La voix du gros tueur devint aussitôt geignarde:

— Faut pas prononcer ce nom au téléphone, monsieur Jeffrey! Vous savez bien que...

— Fous-moi la paix avec ces conneries, Max! Toi et moi nous savons de qui et de quoi nous parlons, n'est-ce pas? Et tu sais aussi que personne à l'extérieur n'est au courant.

— Oui, bien sûr...

— Alors, où est Tony?

— Il est allé vérifier les équipes avec Karl. Il sera de retour d'ici une heure ou deux.

— Et qu'est-ce qu'il a fait pour résoudre son problème?

Une toux grasseillante passa dans l'écouteur.

— On a découvert que le gus a un point faible. On va se servir de ça contre lui.

Bolan souffla un long nuage de fumée, prit une voix irritée:

— De quel gus parles-tu exactement, Max? Tâche d'être plus explicite.

136

— Hé ben, la combinaison, quoi! Il y a une gonzesse qui marche avec lui...

— Je vois, pas la peine d'en dire plus. Ce que je voudrais bien savoir, c'est pourquoi cette affaire traîne autant.

— Bon sang, m'sieur Jeffrey, ce type n'est pas n'importe qui, vous savez bien... Et puis, il n'est pas seul.

— Qu'est-ce que tu racontes?

— Y a des mecs avec lui, au moins une dizaine.

— Putain! Si jamais c'est une excuse...

— Non. Maintenant, on en est sûrs. Et faut s'occuper du point faible en question. C'est pas si facile que ça de tout préparer pour la réception. Vous me comprenez?

Bolan, en effet, comprenait ce que Max Arrighi voulait dire. Et il sentait une main glacée lui étreindre la nuque.

— O.K., répliqua-t-il d'un ton radouci. Est-ce que... les autres ont été informés? Je te parle des associés, là-bas.

— Je crois que Tony a appelé Philadelphie avant de partir. Mais vous pouvez dire aux autres qu'ils se rassurent.

— Bon, dès que tu reverras Tony, dis-lui qu'il la mette en sourdine avec le téléphone.

— Vous croyez qu'on pourrait être écoutés? fit Arrighi nerveusement.

— Non, c'est pas ça. Mais on pense qu'il y a une mouche chez nous. Alors, qu'il évite d'appeler tous azimuts.

— Oui, monsieur Jeffrey, je lui dirai.

— Ciao.

Bolan raccrocha avec l'impression que son sang s'était gelé dans ses veines. Il forma immédiatement un autre numéro, celui du studio où il avait accompagné Linda Davies, en adressant une muette prière au ciel pour qu'il ne soit pas trop tard. La sonnerie retentit deux fois avant qu'une voix masculine se manifeste :

— Je vous écoute.

— Je veux parler à Mlle Davies, fit Bolan.

Il y eut une petite hésitation, puis :

— Qui la demande ?

— Un ami.

— Elle s'est absentée. Puis-je prendre un message ?

Absentée ? Tu parles !

— C'est inutile.

— Attendez. Qui êtes-vous ? Je pourrais…

Bolan raccrocha en serrant les dents. La voix avait été polie mais sèche. Un flic, il n'y avait pas à s'y tromper.

Que s'était-il passé ? Linda Davies avait-elle finalement décidé d'alerter la police, ou la mafia lui avait-elle remis la main dessus ?

La conversation qu'il avait eue quelques instants plus tôt avec Max Arrighi lui faisait clairement comprendre que la mafia s'activait déjà à rechercher Linda Davies. Mais si c'était le cas, ça s'était produit trop vite. De plus, aucun élément ne permettait à quiconque d'aboutir avec autant de facilité à une planque louée sous une identité d'emprunt et avec toutes les précautions d'usage. Non, bien sûr. Il avait fallu que la toubib commette une imprudence, rien ne pouvait s'expliquer autrement.

Avant tout, il fallait savoir exactement ce qui s'était passé, avoir confirmation de ses craintes. Reprenant le volant de la Porsche, il la lança vers le nord de Perth. Son studio n'était qu'à une dizaine de minutes en roulant vite, et la circulation était relativement fluide.

Il ne lui fallut que huit minutes. Il nota la présence d'une voiture de police stationnée en double file devant l'entrée de l'immeuble qu'il dépassa pour aller garer son petit bolide dans une rue parallèle.

Sa démarche comportait un gros risque. Il se pouvait qu'un cordon de police soit déjà installé ou qu'il tombe sur des mafiosi à l'affût. Mais, ainsi qu'il le faisait systématiquement en choisissant un refuge, l'Exécuteur examinait méticuleusement les lieux et ses abords, étudiait d'éventuels chemins de repli ou de pénétration.

Il entreprit donc d'entrer dans l'immeuble en passant par une petite porte de service située à l'arrière du bâtiment, se rendit au premier étage et pénétra directement dans le petit bureau chargé de la gestion intérieure. Il avait loué le studio par l'intermédiaire d'une agence, donc personne ici n'était capable de le reconnaître.

Une réceptionniste rousse et une autre employée blonde levèrent la tête à son arrivée, l'observant d'un air crispé.

— Police, leur annonça-t-il. Que s'est-il passé au studio 57 ?

Ce fut la blonde qui lui répondit :

— Il y a eu une effraction. Tom... je veux dire, le directeur, est monté rejoindre vos collègues.

— Une effraction, hein ? C'est tout ?

— Il paraît aussi que deux hommes ont emmené une jeune femme, ajouta la rousse avec un tremblement dans la voix. C'est un voisin du cinquième qui a donné l'alerte.

Avisant un standard automatique sur une table au fond du bureau, il s'en approcha, consulta la bande de papier qui était en train de se dérouler par à-coups.

— Ça s'est passé à quelle heure ? questionna-t-il.

— Un peu avant trois heures et demie, d'après le locataire. Ici, nous n'avons rien entendu, je...

— Merci, fit Bolan en découpant une longueur de la bande de papier qu'il plia et mit dans sa poche.

— Mais..., protesta la rousse, nous avons besoin de ces chiffres pour les facturations...

— Ça vous sera restitué.

Il leur adressa un petit signe de tête, quitta le bureau alors qu'un homme en costume de ville et un policier en uniforme descendaient l'escalier depuis le second étage. Sans leur accorder la moindre attention, Bolan gagna le rez-de-chaussée, franchit la porte de service et se mit à marcher tranquillement vers son véhicule.

Quelques secondes de plus et c'était l'incident. Il fit démarrer le moteur de la Porsche qu'il lança doucement dans la circulation tout en examinant mentalement la situation. Celle-ci n'avait, hélas, rien de joyeux! Pire : il envisageait déjà la perspective de devoir lancer sans délai son offensive, sans avoir le temps d'en préparer les détails. Un banco presque suicidaire. Mais il ne pouvait évidemment pas laisser Linda Davies entre les mains des charognards. Il savait exactement ce qu'il adviendrait de son joli corps lorsqu'ils se seraient occupée d'elle.

Cette pensée le fit frémir et il enfonça l'accélérateur, louvoyant entre les files de véhicules à la recherche d'une cabine téléphonique.

Le temps lui était compté. Le lugubre spectre de la mort se profilait déjà sur un horizon de violence où la mafia avait aligné ses pions ricanants.

CHAPITRE XII

D'après la bande-papier du standard automatique, Linda Davies avait donné deux coups de fil, l'un à 14 h 15, l'autre à 14 h 25. Le premier était un appel longue distance à destination de Washington pour un correspondant que Bolan connaissait bien. Quant au second, il correspondait à un numéro local, à Perth sans doute, selon l'indicatif.

Stoppant son véhicule devant une cabine publique, il glissa plusieurs pièces de monnaie dans l'appareil et forma le numéro correspondant à la ligne directe de Brognola.

— J'ai soixante secondes pour te parler, Hal, s'annonça-t-il sans préambule. As-tu reçu une communication me concernant?

— Je m'attendais à ton appel. Où es-tu? s'étonna le super-flic de Washington d'une voix ensommeillée.

Evidemment, avec un décalage horaire de treize heures, on était en pleine nuit à Washington.

— A Perth, en Australie. Réveille-toi, je suis vraiment à court de temps.

— Attends. La permanence de E Street m'a réveillé à 1 h 20 du matin pour me faire part d'un coup de fil soi-disant urgent. On me demandait sous le couvert de Justice Deux, une bonne femme qui appelait précisément d'Australie et qui a parlé de Striker sans vouloir laisser son nom.

— C'est tout?

— Elle a indiqué un numéro mais personne n'a répondu quand j'ai rappelé.

— A quelle heure?

— C'est important?

— Ouais.

— Il devait être 2 h 15, heure locale évidemment. Je n'ai pas pu avoir la ligne tout de suite.

Bolan fit un rapide calcul mental. Cela correspondait à 15 h 15 à Perth, soit cinquante minutes après le second coup de fil donné depuis le studio.

— Qu'est-ce qui se passe, Striker? Je te croyais encore en Californie.

— J'ai attrapé au vol une piste toute chaude, Hal. Les copains des copains ont trouvé ici la terre promise. Ils appellent ça le carrousel australien.

— Merde! Les fameux bruits de couloir, hein? Dis-moi...

— Plus tard. Je dois raccrocher.

— Tiens-moi au courant.

— Dès que je pourrai. Bye.

Coupant la communication, Bolan réintégra la Porsche. Il allait relancer le moteur lorsqu'il avisa la sacoche en cuir de Linda Davies, sur le plancher du véhicule. Il en inventoria rapidement le contenu. A part les habituels articles féminins, il recélait un petit carnet d'adresses qu'il feuilleta. Une partie en était réservée à la profession de la jeune femme, l'autre concernait des adresses privées.

Très vite, il eut confirmation de ce qu'il soupçonnait. Le numéro d'appel imprimé sur la bande du standard automatique correspondait à celui d'une certaine Joanna Simpson, à la Préfecture de Perth. Il y avait même un numéro de poste. Il ne pouvait s'agir que de l'amie dont elle lui avait parlé.

Il réintégra la cabine, composa les huit chiffres et demanda le poste 206.

— Joanna Simpson ?

— Oui, qui est en ligne ? fit une voix féminine au ton agréable.

— Le commissariat de Perth nord. Linda Davies vous a appelée en début d'après-midi...

Un petit temps mort précéda une réponse un peu coincée :

— Oui... Heu, elle m'a en effet téléphoné.

— Que vous a-t-elle dit ? C'est extrêmement important et urgent.

— Eh bien, c'était au sujet de difficultés qu'elle rencontrait... Mais qu'est-ce qui se passe ?

Cette fois, la voix à l'autre bout du fil avait des accents franchement angoissés.

— Elle est en danger de mort, fit Bolan. Alors dépêchez-vous de me dire ce que vous savez.

— Oui, bien sûr. Linda m'a affirmé que des tueurs la recherchaient... Elle aurait été témoin d'un massacre, près de Kalgoorlie, elle semblait sous l'effet du choc et...

— Et vous, qu'avez-vous fait? l'interrompit Bolan.

Il y eut une respiration saccadée dans l'écouteur, puis :

— J'ai cru bon d'avertir un policier que je connais. Quelqu'un assez haut placé. Il m'a dit que les craintes de Linda étaient sans doute injustifiées, mais qu'il s'en occupait. Vous savez, elle se surmenait, ces derniers temps. Je lui avais conseillé de prendre un peu de repos.

— Vous a-t-elle indiqué où elle était?

— Non, mais elle m'a laissé un numéro de téléphone.

« Ce qui revient strictement au même », songea Bolan qui sentait la colère monter en lui.

— Le nom de ce policier? Nous avons besoin d'établir une liaison avec son service.

— Oui, je comprends. C'est le commissaire Jason Gallaway, il est chargé de la sécurité intérieure ici à la Préfecture.

— Merci, conclut Bolan. Ne parlez de cet entretien à personne. Pas même à Gallaway, nous prenons cette affaire en main.

Il se remit au volant de la Porsche en analysant les dernières données de l'équation machiavélique. Linda n'avait pas respecté la consigne de silence qu'il lui avait imposée. Bien sûr, il comprenait sa réaction. Le spectacle auquel elle avait été confrontée à Bonnie Downs l'avait salement secouée, c'était certain. Ses nerfs n'avaient pas tenu le choc, d'autant plus que pour elle le cauchemar avait commencé la veille au soir.

Au bord de la panique, elle avait donc tenté de joindre prématurément Harold Brognola dont Bolan lui avait indiqué les coordonnées. Son coup de fil ayant abouti dans le vide, elle s'était ensuite tournée vers son amie de la Préfecture. Logique dans un esprit dominé par le stress. Mais ce qu'elle avait confié à Joanna Simpson n'était évidemment pas resté au simple stade des confidences. Et le flic auquel on les avait rapportées était une planche pourrie vendue à la mafia ! Une ordure comme de nombreuses autres, sans aucun doute, qui avaient permis aux amici de monter leurs affaires illégales en toute quiétude.

La suite était facile à imaginer : un commando de quatre ou cinq gros-bras dépêché sur les lieux pour s'emparer de Linda Davies, sans la moindre discrétion afin qu'il n'y ait nul doute pour l'Exécuteur quant aux intentions de la racaille mafieuse. Ils avaient fait très vite, et cela impliquait assurément une corruption et une organisation des mieux implantées.

146

D'évidence, ils lui tendaient un piège. Bolan les connaissait suffisamment pour comprendre leur manège. Peut-être leur avait-il annoncé un peu trop tôt la couleur. Il avait calculé son coup sans tenir compte de l'élément féminin impliqué dans le jeu démoniaque.

Une rage glacée au cœur, il conduisait son petit bolide gris métallisé vers le nord de la ville, en direction d'un parking souterrain où, deux jours auparavant, il avait garé une camionnette pleine de matériel offensif.

Certes, il avait découvert l'ordure qu'on avait chargée de diriger les affaires australiennes : Tony Danger, un individu qu'il avait cru mort lors de son premier blitz à San Diego, et qui à présent se faisait appeler Tony Tarantana.

Contre toute attente, le renard n'avait pas été abattu par les flics de San Diego. Il s'en était tiré, sans doute en combinant une embrouille bien vicelarde ou en graissant la patte de quelqu'un de bien placé. Mais c'était lui, sans équivoque. Cette vermine refaisait surface !

Tony était malin, retors. Tant qu'il se sentait entouré et protégé par une troupe nombreuse, il donnait l'image d'un macho arrogant et sûr de lui. Pourtant, dès que les véritables dangers surgissaient, il redevenait ce qu'il n'avait jamais cessé d'être au fond de lui-même : un être abject, sans courage, froussard au point d'implorer sa grâce en promettant tout ce qu'il était bien incapable de tenir. L'Exécuteur avait eu l'occasion de contempler sa lâcheté.

Mais le fait d'avoir identifié une ordure resurgie de l'enfer ne résolvait pas pour autant le problème nouveau et urgent posé à l'Exécuteur. Il savait pertinemment que s'il n'intervenait pas très vite, un certain médecin volant un peu trop candide en subirait les fâcheuses conséquences.

Il devait à présent accélérer les événements, entamer sans délai le dernier acte, mais en restant froid, lucide et efficace. En fait, après réflexion, l'enlèvement de la jeune femme ne devait pas changer grand-chose à son plan. Il allait simplement devoir jouer plus serré, plus vite, et en se servant de la fatuité de Tony Danger pour lui retourner son coup de vice en pleine gueule.

C'était ce que Bolan se disait pour éviter de penser à Linda Davies. Mais, en son for intérieur, il frémissait rien qu'à la pensée de ce qui pouvait lui arriver.

L'investissement de sa planque par les flics posait un second problème à Bolan. Ils y avaient sûrement découvert certains indices flagrants. Sa combinaison de combat, le mini-Uzi, plusieurs grenades et un petit stock de munitions.

Ils avaient sans doute déjà compris que l'Exécuteur opérait sur leur territoire... Oui, il fallait faire vite. D'abord pour tirer Linda Davies des griffes du monstre et ensuite parce que le terrain allait rapidement devenir brûlant.

Il atteignit le parking à une vitesse record, gara la Porsche à côté d'une camionnette louée chez

« Budget ». Camouflé sous des sacs en toile usagés, il y avait là un petit arsenal acheté pour quelques milliers de dollars chez un trafiquant d'armes de Marangaroo, dans la banlieue nord de Perth. Plusieurs charges d'explosif C-4 ainsi que des détonateurs à retard complétaient l'équipement de guerre.

L'Exécuteur n'allait pas foncer tête baissée dans le panneau tendu par les cannibales. Son plan incluait la rapidité d'action, certes, mais il avait besoin d'une diversion préalable. Une diversion que pouvaient lui procurer certains gros business parallèles orchestrés par les amici, à Perth même et dans sa proximité. Dès le début de l'après-midi, il les avait localisés sans risque d'erreur, s'était rendu sur les lieux pour les reconnaître. Il s'agissait de cibles secondaires, sans grand intérêt dans un combat à outrance, mais qui allaient peut-être lui permettre de duper l'adversaire sur son véritable objectif. L'effet ne durerait probablement qu'un temps restreint, voire seulement quelques minutes, mais Bolan avait souvent joué sa vie et le sort d'une bataille sur des délais beaucoup plus courts.

Laissant la Porsche dans le parking, il prit le volant de la camionnette qu'il conduisit à allure modérée en direction de son premier objectif. La majeure partie de son esprit était accaparée par l'imminence de l'action. Toutefois, il ne pouvait s'empêcher de songer à cette jeune toubib à la fois réaliste et candide qui s'était trouvée brusquement plongée dans l'horreur d'une guerre où aucune des règles morales n'était appliquée et qui allait obligatoirement se transformer en bain de sang.

Linda Davies n'était rien pour Bolan. Rien d'autre qu'un être humain qu'il avait décidé de tirer de la gueule du monstre, ainsi qu'il l'avait toujours fait lorsque le cas s'était présenté. Pourtant, aussi surprenant que cela puisse paraître, il ressentait au fond de lui-même quelque chose qui pouvait bien s'apparenter à un tendre attachement. Il ne la connaissait que depuis quelques heures, mais un sentiment très fort s'était emparé de lui au point qu'il avait dû constamment lutter pour conserver sa pleine clarté d'esprit.

Bizarrement, il lui paraissait qu'ils évoluaient tous les deux sur la même fréquence, chacun à sa façon, dans un monde où habituellement les gens se côtoient sans s'occuper les uns des autres ; elle, avec une douce féminité empreinte de solidité morale, de compréhension intuitive ; lui avec la froideur efficace qui caractérisait son état de guerrier. Mais il savait d'instinct qu'il ne lui en faudrait pas beaucoup pour rendre les armes devant Linda Davies.

C'était comme une sorte de magnétisme qui les unissait, invisible et au-delà duquel les mots n'avaient plus grande signification.

Ahurissant ! Et complètement fou. Comment une fille rencontrée depuis si peu de temps pouvait-elle occuper tant de place dans le cœur d'un homme voué à un combat sans fin, pour lequel la férocité est l'assurance de sa survie et la paix synonyme de mort.

C'était impossible. Invraisemblable. Et pourtant, Mack Bolan en cet instant sentait son cœur battre plus vite, son sang pulser plus fort dans ses artères. Une émotion presque douloureuse avait pris possession de son âme. Pourtant, depuis le massacre de Noël et l'assassinat immonde de Jil Becker et des deux gamins, il se croyait incapable d'éprouver le moindre sentiment de ce genre, protégé à la fois par son chagrin et par l'angoisse de jeter dans l'horreur la personne qu'il prendrait le risque de retenir auprès de lui.[1]

Il accéléra en parvenant à proximité de son premier objectif. Sa montre lui indiquait 16 h 45. Un muscle frémit sur sa joue et son regard prit une couleur arctique.

Le jeu mortel reprenait et, cette fois encore, l'Exécuteur allait tuer par amour. Tuer ou se faire tuer.

1. *Les noces noires de Palerme*, L'Exécuteur n° 100.

CHAPITRE XIII

Tony Danger était en discussion avcc Sam Weiser quand David Scapelli sortit en coup de vent de la maison et s'avança vers eux.

— Je viens de prendre un appel de Perth, déclara-t-il précipitamment. Le Blue Swan est parti en fumée.

— Quoi? fit Weiser dont le visage se figea.

Le Blue Swan — Le Cygne Bleu — était une boîte de nuit de Kenny Street qu'il avait rachetée en sous-main après avoir conduit l'ex-propriétaire à la ruine puis au « suicide ».

— Qui t'a raconté ça? s'enquit Tony Danger.

— Gus Lavely. C'est arrivé il y a environ une demi-heure. D'après lui, un type a fait sauter la porte à la grenade, il a tranquillement foutu le feu et s'est barré ensuite.

— Merde !

Tony ricana :

— Te frappe pas, Sam, l'assurance remboursera. Pour moi, ça veut dire que la grande pute commence à s'exciter.

— Je te crois. Mais c'est pas exactement ce qu'on attendait...

Ils se turent, promenant des regards dubitatifs autour d'eux. Un avion passait assez haut dans le ciel, poursuivant sa route vers le nord dans le ronronnement de son moteur.

A une vingtaine de mètres du groupe, l'eau calme de la piscine renvoyait le reflet rouge-orangé du soleil qui avait entamé sa descente vers l'horizon. Deux balèzes se tenaient debout à proximité d'une grande fille blonde toute nue installée dans un transat. Ses cheveux en désordre, une joue tuméfiée et des ecchymoses sur son corps témoignaient des mauvais traitements qu'elle avait récemment subis.

Devant la grande bâtisse constituant le corps principal de la propriété, plusieurs hommes armés déambulaient lentement, apparemment désœuvrés mais prêts à se mettre en branle au premier signal.

Un peu plus loin, entre deux autres bâtiments en bois, un gros camion bâché et un Toyota tout-terrain attendaient manifestement qu'une vingtaine d'hommes y embarquent.

Des clôtures blanches entouraient l'ensemble des installations et, s'il n'y avait eu en ces lieux des préparatifs guerriers, on se serait attendu à voir surgir des chevaux, des cow-boys et des troupeaux de vaches.

A l'extrémité d'une piste sommairement balisée, un gros avion C-130 de transport paraissait écraser de sa masse un petit Piper Arrow qui s'était posé en fin d'après-midi.

Les hommes qui se tenaient en instance de départ paraissaient disciplinés. Ils étaient tous vêtus de treillis de combats, portaient des fusils ou des pistolets-mitrailleurs. Deux chefs d'équipes les encadraient : Carl Migos, un ancien Béret vert, et Johnny Mora qui avait réussi à survivre miraculeusement au désastre d'Hamersley au cours de la nuit précédente. Celui-là ne s'était pas encore remis de l'aventure et racontait à Migos, gestes à l'appui, comment il avait échappé à la mort et de quelle façon il s'était retrouvé dans la voiture de Max avec une saloperie de médaille dans la main.

Près de la piscine, Karl Spielke venait de rejoindre le groupe principal et posait derechef une question incisive :

— Pourquoi est-ce que cette fille est à poil ?

Scapelli lui sourit ironiquement :

— Elle ne te plaît pas ?

— Merde, vous voulez exciter mes hommes ?

— Je leur ai dit qu'ils pourront tous se la payer quand ils auront eu la combinaison noire, répliqua Tony Danger. Epargne-moi tes remarques, Karl, et va plutôt t'occuper de tes gus.

Spielke grommela une courte phrase indistincte, haussa les épaules et s'éloigna à l'instant où un appel guttural jaillissait de la grande maison.

— Va voir ce que veut Max, dit Tony à Weiser. Ou plutôt, non, j'y vais.

Il marcha rapidement jusqu'à l'entrée, s'achemina dans une pièce aménagée en bureau où Arrighi l'attendait au téléphone.

— C'est Bennie, fit ce dernier en lui tendant l'appareil. Y a encore eu de la casse.

Tony s'empara du combiné, écouta en silence ce qu'on lui disait, posa quelques questions, puis raccrocha d'un air songeur.

Pressentant une mauvaise nouvelle, Weiser et David Scapelli l'avaient rejoint dans le bureau.

— C'est quoi, cette fois ? s'enquit Weiser.

— Le grand connard continue son cirque. Il a fait sauter l'agence de Bennie Lacruz à Osborne Park.

— Et c'est tout l'effet que ça te fait ? grinça le *consigliere* d'Augie Marinello.

— Tu n'as pas à t'inquiéter. Il viendra jusqu'ici. Je t'assure qu'il viendra.

Scapelli se gratta le haut de la tête :

— J'en suis pas si sûr, Tony. Pour l'instant, il est à plus de trois cents kilomètres d'ici...

— Et il se peut qu'il n'ait pas compris le message, renchérit Weiser. Suppose que tu te sois trompé et que...

— Dis pas n'importe quoi ! hurla soudain Tony Danger. Je sais ce que je fais, je connais ce mec et je t'assure qu'il va rappliquer ici. Il sait qu'on a sa gonzesse, il sait aussi où nous trouver. Quand il a attaqué la baraque de Max, sois sûr qu'il a auparavant posé des écoutes. Tu vas le voir rappliquer avec du sang plein les naseaux et un putain de couteau entre les dents.

Il marqua une pause, ajouta :

— Et c'est notre terrain. Nous lui réduirons sa sale gueule en bouillie. Nous avons plein de soldats bien entraînés ici.

Spielke déboucha dans la pièce.

— Les équipes d'encerclement sont déjà sur place, annonça-t-il.

Tony le toisa :

— Tu leur as bien répété les consignes ?

— Ils connaissent parfaitement la manip.

— Tu veux quand même me répéter ?

— La première équipe qui apercevra un ou plusieurs véhicules en approche nous le signalera, grogna Spielke aigrement. Elle devra ensuite identifier l'objectif. Dix mecs ne peuvent pas passer. inaperçus. La consigne est de les laisser passer sans se montrer et de refermer la tenaille en douceur.

— Quels sont exactement tes effectifs ? demanda Scapelli.

— Trente hommes répartis sur le premier cercle de sécurité, vingt autres en seconde ligne et encore vingt-cinq ici. Ça ne te paraît pas suffisant ?

L'ex-maquereau se marra comiquement.

— Ouais, ouais, je pense qu'on a quelques chances de l'attraper par la queue.

— Lui n'a aucune chance, trancha Spielke. Je vous apporterai sa tête sur un plateau.

Il sortit en claquant ostensiblement la porte. Après un petit moment de flottement, Sam Weiser soupira :

156

— Ce mercenaire à la con me fout la trouille, Tony.

— Plus que Bolan? ricana Scapelli.

— Bientôt, tu parleras de lui au passé, fit méchamment Max Arrighi qui s'était tenu en retrait jusque-là.

— En tout cas, on sait où il est pour l'instant.

— Et s'il avait un avion ou un hélico? suggéra Weiser. Ce ne serait pas la première fois...

— On y a pensé. Mais comme l'a dit Dave, il y trois cent cinquante kilomètres de Perth jusqu'à chez nous. Même avec un taxi super-rapide, ça représente plus d'une heure de vol.

— A moins qu'il dispose d'un jet.

— Tu le vois poser un jet dans le bush? rigola Scapelli.

— Oui, d'accord... Mais même avec un avion normal, il n'aurait pas besoin d'atterrir. Il pourrait tout simplement nous balancer des bombes sur la gueule.

— Et par la même occasion liquider sa connasse? Tu dérailles. S'il se ramène dans l'atmosphère, sois certain qu'il va zieuter partout avant de semer sa merde. Dis-toi que si on n'a pas trop amoché cette nana, c'est pour qu'il puisse éventuellement la reconnaître s'il se pointe d'un peu trop près...

— Et y a des mitrailleuses prêtes à le canarder, ajouta Max Arrighi.

— Arrêtez de jacasser! fulmina Tony Danger. Que ce soit en zinc, en bagnole, à cheval ou à pied, il viendra, vous pouvez en être sûrs.

— Moi, je voudrais surtout être sûr qu'il sait où nous trouver, insista Sam Weiser. S'il continue de tourner en ville comme un dingue, il va finir par foutre en l'air toutes nos affaires légales.

— Qu'est-ce que tu parles d'affaires légales? ricana Scapelli.

Tony Danger envoya violemment son poing sur une table :

— Assez!

Puis, paraissant reprendre une idée oubliée :

— Qu'est-ce que Jeffrey Parisi t'a dit, Max, au sujet d'un mouchard qu'il aurait chez lui?

Arrighi fit entendre un petit bruit de bouche :

— Rien que ça, Tony. Il m'a laissé entendre qu'il pourrait y avoir une enflure à L.A. et qu'il faut faire gaffe au téléphone.

— Quelle blague! Tout le monde fait gaffe au téléphone, surtout en ce moment. Je me demande... Il est à Los Angeles en ce moment?

— C'est ce que j'ai cru comprendre.

— T'es sûr que tu lui as rien raconté concernant la situation ici?

— Sûrement pas. Je suis resté dans le vague, mais il avait l'air d'être pas mal au courant. Pour moi, ils savent déjà là-bas que Bolan est dans notre secteur. Y a pas d'histoire, tu me connais...

Visiblement, Arrighi n'avait pas grande envie de s'étendre sur la conversation qu'il avait eue avec « Jeffrey Parisi ». Mais Tony le Boss ne l'entendait pas de cette oreille.

— Il a dû te poser des questions sur...

Sa phrase fut interrompue par la sonnerie du téléphone. Scapelli décrocha.

— Ici le ranch, j'écoute.

Il tendit ensuite l'appareil à Tony Danger.

— C'est pour toi. Quand on parle du loup...

CHAPITRE XIV

— Ouais! grogna le boss en plaquant le combiné contre sa joue.

— Jeffrey P. P comme Philadelphie.

Le ton était froid et cassant.

— Ah! Ça me fait plaisir de vous entendre, Jeffrey. Vous êtes à L.A.? Je voulais vous dire…

— Ecoute-moi plutôt, Tony. On se pose des questions à ton sujet, ici. Il paraît qu'en ce moment même un certain grand fumier te fait des dégâts en ville?

Putain! Ce con savait déjà…

— C'est pas tout à fait ça, rétorqua le boss avec irritation. On a fait tout ce qu'il fallait pour le neutraliser, ce n'est plus qu'une question de quelques heures, peut-être une ou deux!

— Tu débloques ou quoi? Il est déjà en train de tout casser sur le territoire qui t'a été confié. Tu vas peut-être me dire aussi que c'est toi qui l'as attiré chez toi pour te payer sa tête?

— Bon Dieu, Jeffrey, écoutez-moi! On a près de soixante-dix hommes qui sont prêts à lui sauter dessus dès qu'il montrera le bout de son nez. Ce qui se passe en ville n'est qu'un...

— Quoi?

— Un appât, un leurre. Il va forcément remonter ensuite jusqu'au putain de piège qu'on lui a tendu. Tout a été calculé pour ça, rassurez-vous.

— Et la fille?

— Comment ça, la fille?

Tony Danger était devenu rouge d'énervement et de rogne. Ce n'était pas possible! Comment cette grosse légume de merde pouvait-il aussi être au courant de ça?

— Attendez, on m'a dit qu'il y aurait une mouche de votre côté? biaisa-t-il, essayant de détourner le fil du dialoque.

Mais le correspondant le remit sèchement dans l'axe :

— Je t'ai posé une question, Tony. Qu'est-ce que c'est que cette histoire?

— Mais c'est ça, l'appât! Il va venir tout droit dans le...

— Je crois que tu te fais des illusions. Tu n'as rien compris.

Il sembla à Tony que la voix avait changé, tout à coup.

— Et qu'est-ce que je devrais comprendre? questionna-t-il, sentant sa rogne redoubler.

— Que tu es un con prétentieux. D'abord, le Blue Swan a été blitzé. L'agence de ton pote Bennie Lacruz, à Osborne Park, s'est transfor-

mée en confettis. Il y a moins de cinq minutes, ça
a été le tour de la somptueuse baraque de Dave
Scapelli à Northam. Tu n'es pas encore au courant ? Scapelli est sans doute près de toi ? Tu
pourras lui annoncer la nouvelle, ça lui fera
plaisir.

— Pourquoi est-ce que vous me racontez tout
ça ! s'exclama le boss qui se sentait prêt à exploser.

— Parce que c'est la vérité, et pour que tu
comprennes qu'il ne viendra pas se jeter
connement dans ton piège à la noix.

Cette fois, il en était certain, la voix n'était plus
du tout la même, il s'était opéré une transformation graduelle. Les intonations, surtout,
devenaient glaciales.

— Qui est à l'appareil ? coassa-t-il dans le
combiné. Ce n'est pas Jeffrey P...

— Non.

Un tic nerveux agita la joue de Tony Danger
qui réitéra d'un ton presque maladif :

— Qui est à l'appareil ?

— Bolan.

— Hein ?

— Tu as bien entendu, ne me fais pas répéter.

Tony eut un hoquet étranglé tandis qu'une
grosse veine se gonflait démesurément sur son
front. Le regard rempli d'horreur, il se tourna
vers ses comparses comme pour les prendre à
témoin de l'abomination qu'il venait d'entendre.

Sam Weiser voulut prendre l'écouteur mais il
affermit sa main dessus pour l'en empêcher.

162

— Tu es toujours là ? fit l'appareil.

— Ouais, je suis là. Alors, c'est bien toi, connard ? cracha-t-il d'une voix rauque.

— Un peu ! Et je vais blitzer une quatrième cible dans moins de dix minutes.

— Ah oui ! Qu'est-ce que tu veux que ça me fasse ?

— Ça te fera quelque chose quand tu n'auras plus aucun point d'appuis en ville.

— Tu ne pourras pas aller jusque-là.

— Continue de le croire, Tony. Moi je vais continuer de pilonner tes affaires pourries en ville.

— J'm'en fous. C'est pas le plus gros business.

— Je sais. Mais ça m'arrange d'exposer toutes tes magouilles et celles de tes copains. Tu imagines leur réaction ?

— Qu'est-ce que tu veux, hein ?

— Laisse tomber ton idée d'appât, ça ne peut pas marcher.

— C'est toi qui le dis ! ricana Tony Danger. Il est ici, l'appât, avec ses beaux petits nichons et son cul à l'air. Je voudrais que tu voies ça. Elle t'attend. Tu ne voudrais quand même pas la décevoir ?

— Relâche-la.

Le boss marqua une pause. Il avait noté l'inflexion presque douloureuse de la voix dans l'écouteur. Décidé à exploiter ce qu'il considérait comme une faiblesse, il martela :

— On va tous se l'envoyer, Bolan. Moi

163

d'abord et ensuite tous ces braves types qui n'attendent que ça. Tu imagines à quoi elle ressemblera quand une trentaine de mecs super bien montés lui seront passés dessus ?

Mais le ton redevint métallique, inflexible :

— Tu te gourres complètement. Elle n'est rien pour moi. Seulement, je suis attristé de voir que tu en es réduit à ça.

Il y eut un autre silence, plus prolongé.

— Ecoute, arrête tes conneries pour une heure ou deux, reprit Tony Danger. On essaie de se voir et on discute. On devrait pouvoir s'entendre. Après tout, moi je ne t'ai rien fait, c'est toi qui es venu mettre les pieds dans le plat chez moi. O.K. ?

— Négatif. Ce n'est pas comme ça que j'ai décidé de jouer. Relâche d'abord la fille, on discutera ensuite.

— Va te faire enculer.

Un rire claqua dans l'oreille de Tony, lui faisant l'effet d'un courant d'air glacé.

— Non. C'est toi qui vas te faire mettre, Tony. Et par tes connards de potes. Je n'ai plus de temps à perdre, je vais faire sauter la baraque de Tim Brother dans deux minutes. Ensuite, ce sera le business de Teddy Bakschich, d'Angelo Lavanghi et d'une demi-douzaine d'autres. Tiens-toi au courant.

Un déclic sec percuta les tympans du boss dont le visage était déformé par la colère et l'excitation. Raccrochant d'une main tremblante, il laissa écouler une dizaine de secondes sans qu'aucun son ne sorte de sa bouche, puis se mit à marcher de long en large dans la pièce.

Enfin calmé, il leur résuma l'essentiel du dialogue, négligeant des détails qu'il ne jugeait pas utile de leur révéler.

— Il a éventé le coup !... On devrait peut-être laisser tomber la fille, suggéra finalement Weiser dont les traits étaient tendus par la trouille qui commençait à s'infiltrer en lui.

— Pas question ! Ce fumier n'a fait que bluffer, il essaie de gagner du temps. Il veut nous faire croire qu'il va passer son temps à démolir nos entreprises en ville, mais je suis certain qu'il va rappliquer ici.

Tony alla se camper devant une fenêtre. Le soleil avait complètement disparu sous l'horizon et la nuit commençait à s'étendre sur le bush.

— Préviens Spielke, lança-t-il à Scapelli. Je veux que tous ses hommes soient prêts dans moins d'une heure pour recevoir la grande salope.

Poursuivi par son idée fixe, il répéta d'un ton exacerbé :

— Il va venir. Il va venir. Il veut seulement se ménager un sursis !

— Faudrait voir à le prendre de vitesse, répliqua Scapelli d'un ton entendu.

— Mais qu'est-ce que tu fous encore ici ? hurla Tony en se retournant. Va prévenir Spielke, putain de merde ! Tu crois qu'on a tout le temps devant nous ?

David Scapelli, en effet, ne savait pas à quel point le sursis serait court.

CHAPITRE XV

Moteur au ralenti, le Piper Warrior plafonnait à deux mille mètres d'altitude entre la petite ville de Paynes Find et la place forte de la mafia. Bolan en distinguait encore les délimitations dans la faible luminosité du crépuscule.

Son plan paraissait fonctionner comme il l'avait espéré. Les amici le croyaient encore en ville ou dans sa banlieue, en train de blitzer comme un dingue. Au lieu de cela, il avait quitté l'aéroport de Perth depuis plus de deux heures et il avait tout simplement utilisé le radio-téléphone qui équipait l'appareil pour appeler le ranch.

Et, pendant ce temps, les charges de plastic C-4 qu'il avait placées sur ses objectifs, munies chacune d'un retard de précision, continuaient de péter à intervalles réguliers. La diversion pouvait lui assurer une relative tranquillité pour entamer la première phase de son attaque.

Comme sous tous les climats tropicaux, la nuit tomba très vite, elle arriva d'un coup et engloutit la campagne aride. Bolan bénéficiait pourtant de la vague clarté venue des étoiles et d'un quartier de lune. C'était suffisant pour lui permettre de naviguer mais on ne pouvait guère le repérer depuis le sol.

Il avait survolé pour la première fois sa cible une vingtaine de minutes auparavant, se contentant d'effectuer une « verticale-terrain » en régime de croisière. Ce passage en altitude lui avait permis de se faire une idée sur l'implantation des lieux et les forces qui s'y tenaient en attente.

Comme il s'y attendait, Tony Danger n'avait pas lésiné sur les moyens. Une troupe mafieuse importante avait été répartie sur deux cercles concentriques. La première ligne comportait des « trous » dans son système de verrouillage et il n'était pas sorcier de comprendre à quelles fins : les instructions données aux *soldati* incluaient évidemment qu'on laissât passer le gibier pour que la souricière puisse ensuite se refermer dessus.

Cela correspondait à une tactique de combat et Bolan soupçonnait que les soldats de la *Cosa Nostra* avaient reçu une formation militaire. Peut-être étaient-ils encadrés par d'anciens GIs ou des mercenaires, c'était très plausible étant donné ce qu'il avait pu observer depuis sa position aérienne. Et cela signifiait que l'affrontement ne serait pas du gâteau.

Dès qu'il avait eu un aperçu suffisant de la répartition des forces, l'Exécuteur avait repris le cap de Paynes Find, montant à deux mille cinq cents mètres, pour revenir ensuite piquer vers la tanière pourrie. Moteur presque coupé, il avait fait une approche silencieuse en s'efforçant de toujours voler avec le soleil couchant dans le dos, restant ainsi invisible.

Parvenu à moins de cinq cents mètres de la propriété, il avait ainsi pu l'observer à l'aide de puissantes jumelles, notant les emplacements du matériel, le nombre de soldats en place et la configuration d'ensemble.

Il avait également aperçu une frêle silhouette à moitié allongée dans un transat, entièrement nue, et qui détonnait dans ce décor sinistre. Il était trop éloigné pour voir si Linda Davies avait été malmenée, mais le simple fait de l'apercevoir libéra une partie de sa tension nerveuse. Qu'elle eût subi une quelconque violence, c'était possible, cela serait à mettre dans la balance du règlement de compte final.

Mais elle était en vie, c'était le principal.

A présent, dans les ténèbres relatives de la nuit, Bolan laissait doucement planer l'avion vers une succession de petites collines, cinq à six kilomètres à l'est de la place forte. Il y avait repéré un véhicule faisant partie du cercle extérieur qui devait logiquement se rabattre à la première alerte.

C'était un 4x4 Land Rover. Un peu plus loin, au sud, il y avait une camionnette autour de laquelle Bolan avait aperçu plusieurs hommes en armes. Puis, au nord, un autre véhicule distant d'environ trois kilomètres du Land Rover, et encore d'autres répartis sur une ligne courbe qui ceinturait le fief de la mafia.

Une seule route traversait cet espace sous contrôle, mais les généraux d'occasion qui avaient orchestré le guet-apens s'étaient forcément imaginé que la combinaison noire pourrait utiliser un véhicule tout-terrain, d'où le double cordon en continu ceinturant toute la zone sensible.

C'était une erreur. En installant un tel dispositif, l'adversaire éparpillait ses forces sur un périmètre beaucoup trop étendu. A moins que...

Bolan envisagea un instant la possibilité d'une intervention par voie aérienne. Peut-être avait-on prévu un commando de parachutistes qui serait largué sur sa trajectoire afin de l'immobiliser, dans l'attente que le gros de la troupe rapplique. Ce qu'il avait observé un peu plus tôt correspondait bien à un déploiement paramilitaire et pouvait inclure une telle possibilité. Mais les hommes en attente dans la place forte n'étaient pas équipés de parachutes et, d'autre part, le gros C-130 qu'il avait vu était trop important, trop lourd pour être mis en œuvre rapidement. L'appareil servait sans doute à l'acheminement de marchandises illégales, came ou matériels interdits... C'était donc autre chose.

Il ne fallait surtout pas sous-estimer l'ennemi qui avait tout combiné, réfléchi à diverses possibilités d'attaque. Et il était logique, aussi, que les amici aient prévu une arrivée de Bolan par les airs. Dans ce cas, ils avaient dû installer des pièces d'artillerie, une mitrailleuse, ou un quelconque dispositif anti-aérien.

Seulement, pour la mafia, le problème ne se présentait pas exactement de la façon escomptée. On attendait Bolan accompagné d'une petite troupe et dans un délai de près d'une heure. Il en avait acquis la certitude. Mais il était déjà sur place et il venait seul. Seul contre une troupe d'au moins soixante truands bien armés et disposés pour opérer une embuscade digne des meilleurs tacticiens. Il était survenu porté par les ailes d'un petit avion de tourisme qui lui avait permis de pénétrer dans le cercle de fer, mais il allait poursuivre sa route au sol, faussant les prévisions de la mafia.

Bolan pensait qu'il avait une chance. Mais, pour réussir ce coup de folie, l'effet de surprise devrait être total. A la moindre erreur, au plus petit faux pas, les monstrueuses mâchoires du piège se refermeraient et le broieraient comme un insecte.

L'aire de la piscine était brillamment éclairée par des projecteurs alors que le reste du ranch restait plongé dans les ténèbres. Deux costauds montaient toujours la garde à côté du transat sur lequel Linda Davies s'était recroquevillée, subissant la fraîcheur nocturne qui commençait à se faire sentir.

Dans le secteur obscur, les hommes en attente se taisaient ou chuchotaient. Parfois, de courts dialogues radio venaient rompre le silence des lieux.

Sur le devant de la grande bâtisse, un talky-walky à la main, Tony Danger discutait à voix basse avec Sam Weiser, comme si les deux hommes craignaient d'être entendus.

— J'ai bien l'impression qu'on va passer la nuit à attendre, disait Weiser. C'est un truc à se foutre les nerfs en l'air.

— Relax, Sam. Pense plus à rien et laisse faire, tout le dispositif est en place.

— Et s'il se ramenait seulement à l'aube ou juste avant? Paraît que c'est le meilleur moment pour lancer une attaque, lorsque tout le monde est ramolli. Et ce type a fait ses classes au Viêt-nam.

— Et alors? Ça ne changera rien. Que veux-tu qu'il fasse contre près de soixante-dix hommes? Il se fera couillonner dès qu'il aura franchi la première ligne de défense, lui et ses abrutis de troufions de merde.

— T'es vraiment sûr de toi, hein?

— Ouais.

— Moi, je ne sens pas très bien cette opération. Quelque chose me dit que ça risque de ne pas se passer comme ça. Une question d'instinct.

— Ton instinct déconne.

Un ronflement saccadé interrompit le dialogue chuchoté, s'amplifiant de seconde en seconde.

— Ça doit être l'hélico, fit Tony Danger.

— Ça doit? Parce que tu n'en es pas sûr? chuinta Weiser.

— Si Spielke le laisse approcher, c'est parce qu'il s'est annoncé par radio.

Quelques instants plus tard, la masse grise d'un hélicoptère passa furtivement dans la clarté des projecteurs répartis autour de la piscine. L'appareil, un Huey américain, se posa lentement sur le parking, à peu de distance des *soldati* en attente. Il y eut un tourbillonnement de poussière puis le bruit de la turbine décrut et le silence se réinstalla.

— Voilà! s'exclama Tony le Boss. Tout est prêt avec au moins une demi-heure d'avance. L'unité aérienne pourra dès maintenant intervenir en moins de deux minutes.

Sam Weiser ne répondit pas. Les doigts croisés dans son dos, une mince pellicule de sueur sur le visage malgré la fraîcheur de la nuit, il essayait de contrôler la trouille qui s'infiltrait sournoisement en lui.

— Rejoins David et les autres, lui dit Tony. Ça t'évitera de te faire du mouron.

— Et toi?

— Moi, j'ai besoin de prendre un peu l'air.

Sans plus s'occuper du conseiller, le boss se mit à marcher vers l'extrémité du parking, le dépassa puis s'achemina en direction du Piper Arrow. Le pilote était appuyé contre une aile et rêvassait.

— Y a le plein? lui demanda Tony Danger.

— Je l'ai refait tout à l'heure, assura l'homme décontracté. On a une autonomie d'au moins quatre heures.

— Alors démarre ton zinc, on va aller faire une petite balade.

— Pour où?

— On se paye un billet pour un festival, mec. Aux premières loges.

CHAPITRE XVI

Moteur coupé, Bolan avait posé le Piper Warrior à moins de sept cents mètres des collines constituant son premier objectif. Il y avait eu le léger chuintement des pneus au contact du sol pierreux pendant une dizaine de secondes, puis l'appareil s'était doucement immobilisé.

Vêtu de sa combinaison noire, il descendit du cockpit, armé seulement de son Beretta silencieux et de quelques garrots. Sa progression jusqu'au faîte de la colline ne lui prit que deux minutes au terme desquelles il put à loisir observer l'ensemble du terrain en contrebas.

Le Land Rover de couleur grisâtre avait été placé tout contre un massif d'arbustes rabougris, se confondant presque avec le décor. Après quelques instants d'observation, l'Exécuteur dénombra quatre hommes dans son champ visuel. L'un d'eux était assis sur le capot du 4x4, deux autres occupaient une position avancée en bordure d'une piste de terre, et le dernier scrutait à l'aide de jumelles le ranch dont on apercevait le halo lumineux de la piscine à environ trois kilomètres. Tous étaient armés de pistolets-mitrailleurs.

Bolan jugea la situation conforme à l'idée qu'il s'en était faite. Il reprit sa progression pour descendre le versant opposé de la colline en effectuant un mouvement tournant. Cette fois, il lui fallut un peu plus de quatre minutes pour atteindre l'emplacement qu'il avait choisi, une trentaine de mètres en amont du véhicule tout-terrain, le long du massif de buissons. Là, tapi comme un fauve, invisible, il tendit l'oreille pour écouter ce qu'un poste radio débitait en sourdine dans le Land Rover :

— P.C. à toutes unités... Nous estimons à trente-cinq minutes maximum une éventuelle pénétration dans le secteur Deux. Tenez-vous prêts et soyez vigilants. Communiquez dès que vous enregistrerez un mouvement. Confirmez, unités !

Le soldat assis sur le capot sauta au sol et alla piocher un micro dans la cabine. Il attendit l'énoncé de plusieurs accusés de réception puis lança d'un ton rigolard :

— Tueur Cinq. Leader. Je confirme. Dites, ici, on voudrait bien voir ce mec. Pouvez pas lui dire de se magner le cul ?

Une remise à l'ordre arriva avec une rigueur toute militaire :

— Tueur Cinq bien reçu. N'utilisez la fréquence que pour des messages techniques. Silence radio et stand-by !

176

— Roger! renvoya le soldat en jetant son micro sur le siège avant.

L'un des deux hommes accroupis et qui surveillaient la piste lança soudain :

— Hé, Mike! Qu'est-ce que tu mates dans ces conneries de jumelles? Tu vas te détroncher les yeux.

— J'vois une sacrée paire de nichons, répondit en rigolant l'observateur. Putain que c'est chouette!

— Arrête tes conneries, t'es trop loin pour voir quoi que ce soit!

— Merde, on peut imaginer, non? Je l'ai aperçue tout à l'heure et j'te jure que ça vaut le coup. Dave a dit qu'on pourra se la payer quand...

— Ta gueule, Mike! grogna sourdement le mafioso qui avait repris sa place sur le capot du Land Rover. Fermez-la tous et ouvrez les yeux.

— Hé, t'as entendu le PC, Angie? On est tranquille pendant au moins une demi-heure.

— Dis-toi qu'on est déjà en alerte et boucle-la!

Le silence revint. Puis il y eut un bruit lointain, une sorte de staccato ouaté et grave. Bolan reconnut le ronflement caractéristique d'un hélicoptère qui décrut ensuite et l'on n'entendit plus que les bruits ténus du maquis.

Bolan, à présent, était fixé quant à la minutie selon laquelle l'embuscade avait été calculée. Malgré un délai restreint, les amici avaient bien prévu un moyen d'intervention rapide par voie aérienne. Si l'Exécuteur était arrivé n'était-ce qu'une demi-heure plus tard, il n'aurait eu aucune chance de s'infiltrer dans le dispositif mortel.

Mais le temps continuait de s'écouler inexorablement et il n'était plus question d'attendre. Il allait reprendre sa progression vers l'homme le plus proche quand celui-ci abandonna ses jumelles et son P-M, et marcha lentement dans sa direction. Bolan le vit s'arrêter devant un massif et se mettre à uriner en poussant un petit soupir. Il lui laissa le temps d'accomplir son besoin et lui tomba dessus quand il refermait sa braguette.

Le garrot lui enserra violemment la gorge. Une puissante traction des deux mains fit pénétrer le mince fil de nylon dans les chairs molles et le tueur commença à pédaler dans le vide, soulevé du sol par une force irrésistible. Respiration totalement coupée, il gigota pendant quelques secondes en tentant de saisir avec ses doigts le cordeau meurtrier, ses jambes furent agitées de soubresauts nerveux, puis il mourut sans avoir émis un son.

Bolan relâcha son étreinte, accompagna la chute du corps pantelant jusqu'à terre. A partir de là, il ne pouvait plus faire dans le détail. Dégainant le Beretta 93-R, il vissa le silencieux sur le canon et s'approcha carrément des autres mafiosi, imitant dans la nuit la démarche lourde de sa victime.

Il n'était plus qu'à une dizaine de mètres du 4x4 quand on l'interpella :

— T'as été prendre ton pied, Mike?

— Ouais, grogna-t-il en appuyant sur la détente du flingue sinistre qui émit deux petits soupirs presque simultanés.

Le mafioso accroupi se redressa d'un coup, bien involontairement, battit l'air de ses bras et s'effondra en arrière, la gorge et le front déchiquetés par les ogives Parabellum. Une demi-seconde plus tard, son coéquipier prit à son tour une pastille brûlante qui lui fit sauter la tempe, le projetant sur le côté. Celui qui s'était réinstallé sur le capot fit un bond nerveux qui le précipita au sol et voulut se pencher à l'intérieur du tout-terrain.

— Stop! cracha Bolan, le doigt sur la détente.

Mais le tueur ne tint nullement compte de l'injonction et lança sa main pour saisir un P-M sur le siège avant. Le Beretta toussa doucement par deux fois. Atteint en plein cœur, l'homme glissa lentement le long de la carrosserie avant de s'affaler sur le sol caillouteux.

Il s'agissait vraisemblablement du chef de la petite équipe et l'Exécuteur avait eu comme première intention de l'interroger puis de l'obliger à coopérer. Mais les dés étaient jetés, il fallait jouer autrement. Ouvrant la portière du Land Rover, il l'installa sur le siège-passager, referma pour bloquer le corps inerte et s'approcha des trois autres soldats malchanceux. Rapidement, il enfila le treillis de combat de l'un d'eux par-dessus sa combinaison noire. Ensuite, il s'installa au volant, démarra et fit avancer le 4x4 sur la pente montante.

Il roula prudemment en s'efforçant de faire tourner le moteur à bas régime, passa la crête de la colline et redescendit l'autre versant pour rejoindre le Piper Warrior. Aussitôt, il entreprit de décharger le matériel qu'il avait entassé dans l'avion, le rangeant ensuite à l'arrière du Land Rover. Puis il repartit pour franchir la dune en sens inverse, immobilisa le véhicule à hauteur de la position précédemment occupée.

— Tueur Cinq à PC! lança-t-il dans le micro de la radio de bord, s'efforçant d'imiter les intonations du chef d'équipe.

— PC à l'écoute, renvoya presque instantanément la voix autoritaire.

— On a un problème ici. Leader est sur la touche, je rentre.

— Expliquez succinctement!

— Il s'est fait mordre par un serpent des sables.

— Peut-il tenir?

— Négatif, il est en plein coltar. Faut que j'le ramène, il va crever, bon Dieu!

Un temps s'écoula, puis :

— Bon, entendu. Laissez les autres sur place et rejoignez, mais en sourdine!

— Roger! fit Bolan.

Tout de suite après, il entendit un autre message qui ne lui était pas destiné :

— Tueur Quatre et Six, resserrez-vous d'une demi-longueur chacun sur Tueur Cinq.

180

— Roger, Roger! confirmèrent deux voix différentes. Unité Quatre, nous resserrons sur le cercle... Unité Six, c'est parti!

Puis :

— PC à ligne intérieure! Tueur Cinq va se rabattre sur nous. Laissez passer.

De nouveaux accusés de réception crépitèrent sur les ondes. Bolan eut un rictus de satisfaction et fit doucement rouler le 4x4 vers la lueur qui balisait la nuit devant lui comme une étoile maudite.

CHAPITRE XVII

L'ancienne ferme ressemblait à un camp militaire en état de siège. Le black-out avait été fait sur l'ensemble des bâtiments et des installations, mis à part l'aire de la piscine éclairée a giorno par quatre projecteurs halogènes.

Deux sentinelles gardaient l'entrée constituée d'un portique en bois au-dessus duquel un panneau suspendu portait l'inscription « Double X Ranch ». Lorsque le Land Rover s'arrêta devant l'accès, l'un des deux hommes en armes s'approcha d'un pas raide.

— Angie est dans les vaps, lui annonça Bolan. Ouvre.

— Qu'est-ce qu'il a ? fit le type en essayant de distinguer l'intérieur du véhicule.

— Il s'est fait bouffer le foie par un putain de serpent. Dépêche-toi d'ouvrir ou tu l'auras sur les bras.

— Bon Dieu ! Comment c'est arrivé ?...

— Tu te magnes le cul, oui ou merde ?

Trois secondes plus tard, la barrière pivota

dans un petit grincement. L'Exécuteur embraya doucement. Il prit d'abord la direction de la bâtisse principale, roulant sur environ deux cents mètres, puis bifurqua et alla arrêter le Land Rover sur le parking, dans une zone obscure.

Après avoir logé dans ses poches cinq charges d'explosif C-4 équipées de détonateurs radio, il passa la bretelle d'un pistolet-mitrailleur Heckler & Koch à son épaule et se mit à marcher résolument vers le camion GMC en attente à une quarantaine de mètres et près duquel se tenaient une vingtaine d'hommes tous équipés comme des commandos.

Avisant celui qui paraissait être leur chef, un grand costaud au visage passé au maquillage de combat appuyé contre le capot du GMC, il se dirigea vers lui, le questionna sèchement :

— Est-ce que tous ces hommes ont répété la manip ?

— Pourquoi ça ? renvoya l'autre.

— On n'a pas envie qu'il y ait un cafouillage quand le moment sera venu.

— Spielke a dit de ne pas bouger avant son signal.

— Je me fous de Spielke, c'est Tony qui chapeaute toute l'opération. T'es peut-être pas au courant ? Vérifie au moins que ce bahut est prêt à démarrer au quart de tour.

Le chef d'équipe haussa les épaules et ouvrit une portière du camion dans lequel il monta. Bolan en profita pour glisser vivement un petit container de C-4 sous le siège du conducteur.

— La batterie est bonne, annonça le mafioso après avoir donné un bref coup de démarreur.

— O.K., répliqua Bolan. Tiens-toi prêt, on nous a signalé un mouvement, au sud.

— Vous inquiétez pas.

Lui tournant le dos, il rejoignit le Toyota stationné un peu plus loin, se pencha vers le conducteur assis derrière son volant.

— Ça va? le questionna-t-il.

L'autre lui envoya un sourire crispé.

— J'voudrais bien que tout soit fini. C'est pas bon d'attendre comme ça.

Bolan contourna le véhicule et ouvrit le hayon arrière comme pour en examiner l'intérieur.

— Qu'est-ce que tu as, là-dedans?

— Des jerrycans de fuel et quelques clous.

— Quoi?

— Des outils, quoi!

— C'est bon. T'endors pas. Et garde le moral, hein?

— Pour sûr! affirma le type avec un hochement de tête.

Bolan le quitta. La seconde charge explosive était à présent en place dans le Toyota, coincée derrière la roue de secours.

La première partie de la pénétration avait réussi. Cela semblait tenir de la gageure, du miracle, qu'il ait réussi à s'infiltrer ainsi dans un camp fortifié et qu'il pût y évoluer aussi tranquillement que s'il avait été chez lui.

Mais Bolan possédait l'avantage de connaître

184

parfaitement ce type de situation. En fait, il était chez lui, dans cette atmosphère de prélude au combat, au sein d'une troupe d'hommes disciplinés et tendus dans l'attente de l'ultime signal. Il en connaissait les rouages et les développements psychologiques mieux que quiconque. Il misait aussi sur le nombre important d'hommes en place et sur le fait évident qu'ils ne pouvaient tous se connaître mutuellement.

Il n'y avait aucun miracle, simplement de la cervelle, du nerf et des tripes. La chance ne comptait pas.

Il plaça ainsi deux autres charges explosives dans le camp, l'une à l'arrière de la grande maison de plain-pied, l'autre sur le gros C-130 de transport au niveau d'un réservoir de carburant. Elles étaient toutes réglées pour êtres mises à feu séparément à l'aide d'un boîtier de radio-commande.

Bolan, ensuite, s'approcha de la silhouette sombre de l'hélicoptère que surveillaient deux mafiosi armés de fusils à pompe. L'un d'eux fumait et l'on distinguait nettement le bout rougeoyant de sa cigarette. Un troisième homme se tenait assis sur le plancher de l'appareil, dans l'encadrement de la porte coulissante.

Il marcha jusque-là, remarqua le geste de l'homme le plus proche pour dissimuler sa cigarette dans le creux de sa main.

— Eteins-moi ce clope, gronda-t-il. Tu veux te faire repérer ?

Le type s'exécuta, jeta sa cigarette au sol et l'écrasa du pied.

— Un peu plus, un peu moins, fit son copain en désignant du pouce la piscine inondée de lumière, cent mètres plus loin.

— Ça, c'est pour attirer les curieux, ricana Bolan. Toi, tu risques tout simplement de te faire trouer la peau.

Tout en parlant, il examinait l'hélicoptère. C'était un Huey UH-1B comme ceux qui avaient grandement contribué à la guerre du Viêt-nam et qui avait dû être racheté à l'armée américaine après sa réforme.

— Comment est-il équipé? questionna-t-il en s'approchant de l'appareil.

— Exactement comme il l'était à l'origine, répondit le pilote en claquant dans ses doigts.

L'Exécuteur savait ce que cela voulait dire. Quatre mitrailleuses M-60 logées dans le nez et six tubes lance-roquettes, le tout déclenchable depuis le poste de commande.

— Et tout fonctionne?

— Tu parles!

Bolan lui sourit dans l'obscurité.

— Si ce gus se pointe, il ne restera pas grand-chose de sa carcasse, hein?

— Ça, vous pouvez en être sûr...

— Quel est ton indicatif?

— Condor. Ça fait un peu con, mais c'est pas moi qui l'ai choisi.

Bolan lui tapa sur l'épaule puis s'éloigna. Il

186

avait envisagé de poser le dernier container de C-4 dans l'appareil mais s'était ravisé, se ménageant de modifier son plan de repli au dernier moment.

Après avoir contourné le parking, il s'immobilisa un instant à l'ombre de ce qui avait été naguère une écurie ou une étable. Il put ainsi contempler le secteur éclairé tout autour de la piscine, notant la présence immuable des deux gorilles aperçus lors de son arrivée sur les lieux. Deux méchants bordilles aux épaules musculeuses, harnachés chacun d'un holster contenant un gros calibre, et qui conservaient une immobilité de statue.

La fille était toujours sur sa chaise longue, nue et dans une position hiératique. Elle devait être transie de froid depuis qu'un vent mordant s'était levé, venant de l'est. Mais elle ne le montrait pas, gardait un visage fermé et les yeux mi-clos, comme si elle se désintéressait totalement de sa situation tragique.

Une bouffée de chaleur monta dans la poitrine de Mack Bolan qui se sentit gagné par une colère glaciale. Il prit dans une poche de sa combinaison, sous son treillis, un tube de maquillage de combat et s'en frotta le visage. Puis il repartit à grandes enjambées vers le corps principal des bâtiments. Avisant un type en costard planté à une extrémité de la façade, il l'interpella à voix contenue :

— Ils sont tous là-dedans ?

— Les patrons ? Heu, ouais.

— Ne laisse entrer personne, on a besoin de tranquillité.

Tandis que le garde opinait, Bolan poussa carrément la porte principale. Il déboucha dans un assez vaste hall à peine éclairé, franchit d'une démarche naturelle une immense salle de séjour sombre et déserte qui l'amena au seuil d'une pièce contiguë. Celle-ci avait dû être un salon, mais on l'avait aménagée en local technique de radio. Un gros émetteur-récepteur de trafic trônait sur une table basse, hérissé d'antennes et de plusieurs micros. Des talkies-walkies étaient posés un peu partout sur les meubles, un écran vidéo scintillait de points lumineux qui s'affichaient sous la forme de deux courbes irrégulières. Sans doute était-ce le terminal d'un radar dont l'antenne parabolique pouvait être installée sur le toit.

Une grande carte de la région était fixée sur le mur du fond, comportant deux cercles concentriques interrompus régulièrement par des croix et des annotations, des codes significatifs.

Ce n'était pas seulement un local technique. Bolan venait de trouver le QG central de la mafia. Et les hommes qui se tenaient silencieusement là, dans la faible luminosité d'une minuscule lampe de chevet, paraissaient tout entier accaparés par l'écoute de la radio qui crachotait par intermittence.

Malgré la pénombre, l'Exécuteur reconnut

tout d'abord Sam Weiser, l'homme qu'il avait suivi depuis Los Angeles et qui l'avait conduit tout droit à Perth puis à la première planque de Hamersley : l'un des derniers *consigliere* d'Augie Marinello...

Le cannibale assis à côté de lui dans un fauteuil n'était autre que Dave Bradley, alias David Scapelli. Un ex-maquereau qui avait démarré dans la vie comme tueur au service de la *Cosa Nostra*. A sa gauche, et présentant son mufle de profil, Max Arrighi mâchouillait un gros cigare tout en tournant entre ses doigts une canette de bière à moitié vide.

Bolan identifia le troisième occupant des lieux comme étant un certain Angelo Testa, un mafioso de l'avant-dernière génération, peu intelligent, mais particulièrement cruel et violent, et dont le principal mérite avait été de se rendre indispensable, du moins pendant un certain temps, comme garde du corps, auprès du seigneur et maître occulte de la côte Est.

Rien que la vue de ce trio diabolique constituait pour Bolan une preuve que toute l'affaire était téléguidée depuis les Etats-Unis par un ignoble rapace du diable surnommé Augie Junior.

Enfin, le quatrième et dernier personnage présent était inconnu de l'Exécuteur. Mais il s'agissait vraisemblablement de Spielke, dont un chef d'équipe lui avait mentionné le nom sur le parking. Bolan en avait entendu parler plusieurs mois auparavant, à la radio et à la télévision. Karl Spielke était un ancien légionnaire devenu mercenaire et qui s'était tristement illustré, lors d'une opération en Colombie, par le massacre gratuit de plusieurs centaines de civils. Un tacticien efficace, rompu à la guérilla, mais aussi et surtout un homme sans honneur, sans aucune conscience.

Personne ne s'était encore aperçu de la présence insolite au seuil de la salle. L'ex-mercenaire venait de lancer une nouvelle consigne sur les ondes. Quelques secondes plus tard, l'émetteur-récepteur grésillait précipitamment :

— Tueur Quatre à PC!... On vient de trouver l'unité cinq, ce qu'il en reste, quoi! Doux Jésus...

Karl Spielke avait bondi sur son micro :

— Quelle est la situation? Répétez!

Bolan se démasqua complètement.

— C'est inutile, annonça-t-il d'une voix glacée. Ils sont tous morts.

Le visage de Spielke se figea, ses épaules s'arrondirent et il donna l'impression de s'être transformé en un bloc de pierre. Puis il tourna lentement la tête vers l'entrée, fixa l'apparition d'un regard sans aucune expression et cracha :

— Que faites-vous ici, soldat? Quel est votre problème?

Manifestement, il voulait donner le change, mais il avait déjà compris. Il cherchait à arracher au temps quelques infimes parcelles de sursis.

CHAPITRE XVIII

Durant une fraction de seconde, Bolan admira le sang-froid de Spielke. Mais celui-ci n'était qu'une ordure puante vendue corps et âme aux amici, pour laquelle seuls comptaient le pouvoir et l'argent.

Alors que le militaire dévoyé s'apprêtait à une autre repartie, le Beretta apparut en un éclair dans la main de Bolan et vomit une ogive blindée de 9 mm qui fit silencieusement péter la tête immonde.

Angelo Testa fit un plongeon pour rejoindre le sol tandis que David Scapelli pivotait sauvagement tout en extrayant de son étui d'épaule un Colt Python nickelé qui brilla dans le mouvement. Il n'eut même pas le temps de prendre une ligne de visée. L'arme lui fut arrachée de la main, chassée par l'irrésistible poussée d'une balle de cent vingt-cinq grains, décrivit une trajectoire scintillante dans la pièce avant de retomber derrière une table. L'instant d'après, sa tempe s'agrémenta d'un trou tout rond et sanglant, ses yeux se révulsèrent et il s'effondra avec un soupir fétide.

Testa, lui, avait entamé un rapide mouvement de reptation vers une sortie secondaire, jouant des coudes et des genoux comme un forcené. Il fut rattrapé par un projectile infiniment plus rapide et mourut éclaboussé par son propre sang.

Quant à Sam Weiser, il demeurait figé dans son fauteuil, les bras levés haut, les mains bien en évidence.

— Je... je ne suis pas armé, couina-t-il. Ne tirez pas, je vous en prie...

— Donne-moi une raison de ne pas te liquider, Sam. Une seule et tu pourras continuer à vivre.

— Je n'ai rien contre vous. Ça devrait être suffisant, non ?

— Mauvaise réponse.

— Je n'ai jamais tenu un calibre de toute ma vie.

— Ne parle pas de ta vie, elle ressemble à une décharge publique. Tu n'as peut-être jamais tué de ta propre main mais tu as fait éliminer une multitude d'innocents par truands interposés. Des gêneurs, selon ta conscience dégueulasse.

— Il n'y a pas d'innocents ! s'exclama le *consigliere* dont la face s'était couverte de sueur. Ça n'existe pas ! Tout ça, c'est du bla-bla... Aucun business n'est jamais propre...

— Tu as raison, l'interrompit Bolan en faisant une nouvelle fois tousser le flingue sinistre.

Un troisième œil apparut instantanément sur le front de l'individu répugnant qui retomba d'un coup dans son fauteuil, se tassant comme une baudruche vide d'air.

La radio continuait de distiller des appels alarmants :

— Qu'est-ce qui se passe, PC? Répondez! Tueur Quatre demande assistance. Unité Cinq est...

Bolan saisit le micro :

— Pas d'assistance pour l'instant. Stand-by et silence radio!

Il s'approcha vivement de la carte murale qu'il engloba d'un coup d'œil incisif, revint à l'émetteur-récepteur :

— Tueur Huit! Passez sur le canal 14 et annoncez-vous.

— Roger!

Un court moment plus tard, l'appel attendu se fit entendre sur la fréquence 14 :

— Tueur Huit pour PC...

— Dégagez la position et rejoignez le secteur C-11! Restez sur ce canal jusqu'à la fin de l'alerte.

— Pourquoi ce changement, PC?

— Bandit est signalé à l'ouest. On a besoin d'un renfort là-bas.

— O.K., on y va, on y va.

— Ne discutez pas, Tueur Huit! Exécution.

— Bien compris, PC. Bien compris.

Bolan repassa sur le canal initial et annonça :

— Attention! A toutes les unités... Alerte en secteur C-11. Conservez la position mais soyez prêts. Stand-by, stand-by!... Unités stationnaires?

— Oui! On a entendu le début d'alerte. On embarque?

— Immédiatement! Donnez-moi vos indicatifs, c'est une vérification.

— Traqueur Un. Prêt.

— Prêt aussi, Traqueur Deux.

— Placez-vous en attente sur C-12. Go! Et magnez-vous le train!... Condor?

— Condor à l'écoute, fit la voix du pilote d'hélicoptère dans le haut-parleur. Je décolle?

— Négatif! Restez au sol et stand-by. Confirmez.

— O.K. pour Condor. Je confirme un stand-by.

Reposant le micro, Bolan plaça sa dernière charge explosive contre l'émetteur, puis quitta la maison, laissant derrière lui quatre cadavres qui n'étaient que le prélude à une sauvagerie infiniment plus dévastatrice.

Une rage froide au cœur, il se dirigea vers la sentinelle qui demeurait toujours à son poste à l'extrémité de la façade.

Un brouhaha confus se faisait à présent entendre un peu partout, des bruits de pas, des jurons étouffés et des cliquetis d'armes. Un moteur se mit en marche, suivi aussitôt après par le démarrage d'un second véhicule.

— Qu'est-ce qui se passe? questionna nerveusement la sentinelle en écarquillant les yeux dans l'obscurité.

Bolan lui ricana à la face :

— T'es idiot ou quoi? Où est Tony?

— Je sais pas bien... Mais j'crois qu'il est parti avec l'avion tout à l'heure.

— O.K. Ne bouge pas d'un poil et fais gaffe.

Lui tournant le dos, il partit au pas de course en direction de la piscine, alors que le GMC et le Toyoya commençaient à rouler vers la sortie du ranch.

Bolan avait changé la dernière partie de son plan. Il avait apporté avec lui du matériel de guerre dont il n'avait désormais plus besoin; il allait pouvoir évoluer plus vite et sans contrainte sur le champ de bataille.

Les deux pions étaient toujours en place mais ils regardaient du côté du parking, essayant visiblement de piger le sens de l'agitation générale. Linda Davies s'était dressée sur son transat et cherchait elle aussi à comprendre ce qui se passait. En quelques enjambées supplémentaires, Bolan atteignit le local technique où il avait repéré le boîtier électrique commandant l'allumage des projecteurs.

Il eut un dernier regard circulaire, puis abaissa le disjoncteur, plongeant la totalité des lieux dans les ténèbres. Il fallait maintenant agir avec un maximum de rapidité pour profiter du contraste, avant que les yeux des quelques mafiosi encore sur place s'accoutument à l'obscurité.

Il entendit plusieurs exclamations, dont une en provenance des armoires à glace, à l'extrémité de la piscine. Ensuite, des bruits confus se signalèrent de diverses directions, puis des jurons et des appels.

— Qu'est-ce que c'est que ce bordel? grommela l'un des mastodontes près de la fille qu'ils surveillaient.

— C'est rien, on fait le black-out, lui répondit une voix aux inflexions glacées, toute proche.

Il y eut ensuite deux brefs chuintements rauques et deux corps énormes se cassèrent, s'inclinant inexorablement vers le sol qu'ils percutèrent avec un ensemble touchant.

Linda Davies émit un petit cri étranglé, posa un pied sur le carrelage et voulut s'éloigner quand une main se posa sur son bras en même temps qu'une voix chuchotait contre son oreille :

— Accrochez-vous, on va se tirer d'ici.

Elle mit plusieurs secondes avant de réaliser, murmura en bafouillant un peu :

— C'est... c'est bien vous?... Mon Dieu, je...

Ses mains partirent à tâtons, palpant le vêtement de combat, le visage de l'Exécuteur.

— J'espérais que vous viendriez. Je...

— Taisez-vous et suivez-moi.

— J'ai froid. Je suis gelée.

Bolan la sentit tout contre lui. En effet, elle tremblait et par instants ses dents s'entrechoquaient. Mais ce n'était guère le moment de s'éterniser.

— Fermez-la, lui dit-il rudement.

La tirant par la main, il s'achemina vers l'entrée du parking, accomplissant un parcours circulaire en se référant à ce qu'il avait mémorisé de la topographie des lieux. Bientôt la masse sombre de l'hélicoptère de combat se dessina devant lui. Deux silhouettes plus proches s'en détachèrent et il perçut une injonction :

— Qui est là ?

— C'est moi, répondit-il durement. Fais pas le con.

— Merde ! Un peu plus et je vous flinguais.

— Où est le pilote ?

— Dans son taxi.

— Pourquoi est-ce qu'on a éteint toutes les loupiotes ? demanda l'autre sentinelle.

Bolan grogna une réponse indistincte, attendit d'être plus près des deux soldati et leur expédia à chacun une giclée de plomb brûlant. Ensuite il sauta dans la carlingue, passa dans le poste avant.

— Hé, qu'est-ce...

Le pilote se retrouva brutalement coincé sur son siège, un silencieux encore tout chaud contre le cou.

— Lance ta turbine et ne pose pas de questions, lui conseilla l'Exécuteur.

L'autre eut un hoquet.

— D'ac... d'accord.

Puis ses mains parcoururent le tableau de bord à la recherche des commandes. Tandis que le pupitre se teintait d'une vague lueur verdâtre et que le rotor commençait à tourner, Bolan se pencha à l'extérieur pour aider la fille à monter à bord. Dès qu'elle eut pris pied dans la carlingue, il la fit asseoir sur le plancher et regagna l'avant de la cabine.

Le gros moteur vrombissait maintenant dans un vacarme infernal au-dessus d'eux.

— Ça va, annonça le pilote. J'ai tous les tours-moteur. Vous voulez que je décolle?

— Négatif. Taille-toi.

— Quoi? cria le type pour se faire entendre dans le hurlement de la turbine. Vous n'allez pas me flinguer?

Bolan n'en avait pas l'intention. En cet instant précis, il eut une pensée fugitive pour un autre pilote de la mafia qu'il avait, par le passé, menacé de son arme en des circonstances presque identiques. Un certain Jack Grimaldi qui s'était ensuite attaché à l'Exécuteur et qui était devenu son ami.

— J'ai dit casse-toi! Eloigne-toi et cavale, le carrousel va péter!

L'aviateur quitta son siège, s'approcha de l'ouverture et sauta au sol. Dans la tempête provoquée par le tournoiement des pâles, il lança :

— Vous foutez pas en l'air avec ce gros tas de ferraille, Bolan! J'espère que vous savez piloter.

Puis il referma le portillon qu'il verrouilla.

L'Exécuteur lui adressa un signe de la main, pouce levé vers le haut. Non, sans jeu de mots, il n'avait nullement envie de se foutre en l'air. Il voulait seulement achever un travail incomplet, liquider un maximum de racaille mafieuse grouillant dans les parages et essayer de solder son compte à un serpent venimeux qui s'était éclipsé avant l'acte final.

L'énorme insecte vibra de toute sa masse quand il donna un peu plus de gaz tout en jouant sur le pas général du rotor, commença à se balancer à ras du sol puis s'éleva d'un coup dans une ascension vertigineuse.

En bas, quelqu'un avait trouvé l'interrupteur électrique de la piscine. Une flaque lumineuse se répandit à l'est du ranch, délimitant des ombres brutales tout autour.

Bolan fit monter le Huey jusqu'à six cents mètres et l'immobilisa en plein ciel pour observer la situation au sol. Tout en scrutant le terrain à travers le cockpit, il se défit de son treillis et le tendit par-dessus le dossier de son fauteuil.

— Passez ça! conseilla-t-il à la jeune fille qui grelottait derrière lui. Attachez-vous ensuite sur le siège latéral.

Lorsqu'il eut terminé de repérer ses cibles en contrebas, il déverrouilla la sécurité des lance-roquettes, vérifia les mitrailleuses et brancha la radio de bord en émission.

— PC à toutes unités! Convergez sur secteur C-11 et interceptez l'objectif.

— Ici Traqueur Un, répliqua le chef d'équipe dans le gros GMC dont Bolan distinguait le

sillage au sol. Est-ce qu'il y a eu une identification ?

— Affirmatif !... A tous, convergez et neutra-
lisez !

CHAPITRE XIX

Un nuage passa devant la lune et la nuit se fit soudain opaque. Bolan avait repéré les positions de plusieurs unités mobiles et noté leurs directions. Les véhicules se rapprochaient à vive allure de la zone répertoriée C-11 sur la carte topographique du QG. Pour l'instant, l'action se déroulait comme l'avait calculé l'Exécuteur. Le télescopage n'allait pas tarder à se produire.

De brefs appels retentissaient en continu sur les ondes :

— Tueur Douze à PC! Nous sommes près du bandit, nous le voyons.

— Ici Tueur Neuf... Moi aussi je le vois. Merde, on dirait le Blaser de l'unité Huit!...

— Qu'est-ce que tu racontes? s'intercala une voix excitée. La Huit est en arrière ligne à l'ouest.

— J'vous dis que c'est le Blaser!...

— Traqueur Deux à PC! Qu'est-ce que c'est que cette salade?

— C'est Jimmy et ses gars, vous êtes devenus dingues ?

— Identification pour le dernier appel ! gronda Bolan dans son micro. Ici PC, arrêtez de brailler comme des malades.

— C'est la Deux, PC. Je suis sûr qu'il y a une erreur...

— Négatif.

— Je vous dis que...

Un autre interlocuteur brailla soudain :

— C'est pas un Blaser ! Ça pourrait être la Cinq.

— Qu'est-ce que vous déconnez tous ?... PC, nom de Dieu, que se passe-t-il ?

— Merde ! On vous a alerté tout à l'heure pour une assistance... Mike et Teddy se sont fait rectifier !

Une cascade d'appels et d'exclamations faisait vibrer le haut-parleur de bord dans une cacophonie invraisemblable. Une pagaille monstre s'était définitivement installée au sein des équipes qui convergeaient vers le secteur C-11.

Bolan n'eut pas besoin d'alimenter la confusion. A six cents mètres en contrebas, une multitude de petites flammes se mirent à danser depuis plusieurs points à la fois. Les occupants d'au moins deux véhicules avaient ouvert le feu, faisant crépiter autant d'armes automatiques. Une grosse lueur orangée troua soudain la nuit, témoin de l'explosion d'un réservoir d'essence. Puis, au terme d'une accalmie de la radio, les appels reprirent de plus belle :

— On s'est fait baiser, les mecs! On vient de détruire une de nos caisses!

— J'vous l'avais dit! Est-ce que quelqu'un a vu le grand fumier et ses troufions?

— Peut-être qu'il est au milieu de nous? suggéra une voix angoissée. PC, on a besoin d'un repérage aérien, qu'est-ce que Condor est en train de foutre?

— On voudrait bien le savoir... Moi, je me trisse, ça pue vachement! Vous avez entendu?

— Flèche appelle PC! Quelle merde es-tu en train de nous foutre, Spielke?

Bolan se tendit. Il avait reconnu les inflexions qui venaient de passer sur la fréquence. Enfonçant puis relâchant plusieurs fois le bouton d'émission pour hachurer sa voix, il lança :

— J'essaie de t'avoir depuis trois minutes. Où es-tu?

— Espèce de con! Je suis en train de contempler ton putain de boulot. Tu peux m'expliquer ce que tu magouilles?

Un rictus crispa brièvement les lèvres de Bolan. Oui, il n'y avait aucun doute, c'était bien le serpent qu'il cherchait. Un serpent auquel avaient poussé des ailes et qui ne devait pas se trouver bien loin dans le ciel.

— Tu m'entends? Tu réponds, oui ou merde! s'égosillait Tony Danger dans son micro.

N'obtenant aucun accusé de réception, il se mit à brailler :

— Condor! Où est Condor?

— A mille mètres en vol stationnaire, repartit aussitôt l'Exécuteur. J'ai repéré les bandits. Deux caisses en approche rapide. Communiquez votre position, vous risquez d'être dans l'axe de mon tir.

— Ouais, faites gaffe ! On passe au-dessus des dunes, vers le sud.

— Wilco ! Conservez ce cap.

Bolan sortit de sa poche le petit boîtier commandant la mise à feu des charges de C-4. Il en déverrouilla la sécurité, appuya immédiatement sur les touches 1 et 2. Dans la seconde qui suivit, deux impacts d'une luminosité éblouissante se développèrent au-dessous de l'hélicoptère de combat, illuminant le bush comme un immense flash. Le vacarme des explosions lui parvint avec deux secondes de retard, à peine atténué par le ronflement de la turbine. Le GMC et le Toyota venaient de se transformer en énergie libre en même temps que la troupe de malfrats qu'ils transportaient.

Durant le fulgurant éclair, un point scintilla en direction du sud, presque à l'aplomb des dunes où Bolan avait éliminé l'équipe numéro Cinq. Il en nota mentalement la position, puis reporta son attention vers le sol où des flammes montaient d'une multitude de débris, se tordaient dans la nuit comme des torches.

— PC à toutes les unités ! cracha-t-il dans la radio. Repliez-vous sur la base. Je répète, repliez-vous immédiatement. Le terrain est indéfendable.

— Mais qu'est-ce que c'était? s'exclama une voix rauque et affolée. Qu'est-ce qui s'est passé?

— Repli immédiat!

Il attendit de voir le mouvement d'ensemble d'une dizaine de caisses sombres qui rebroussaient chemin à la hâte. Certains conducteurs avaient immobilisé leurs véhicules, hésitant sur la conduite à tenir, d'autres allumaient leurs phares pour tenter d'apercevoir un hypothétique danger. Au bout de deux minutes, l'ex-place forte de Tony Danger était devenue le siège d'une pagaille monstre où des hommes affolés couraient en tous sens, points minuscules et grouillants, cherchant à comprendre la nature du désastre qui s'abattait sur eux.

L'Exécuteur mit fin à leur angoisse en appuyant successivement sur les trois dernières touches de sa radiocommande. Et, fermant à demi les yeux pour résister à l'éblouissement, il observa froidement la fin d'un cancer qui avait failli étendre ses métastases sur un territoire gigantesque.

Tandis que la grande baraque tout en longueur se soulevait de terre dans une explosion fracassante, le C-130 parut se dilater comme si son corps ventru accouchait soudain d'un monstre fantastique issu de l'enfer. Des tonnes de carburant en ignition donnèrent naissance à une colossale boule de feu dont l'orbe se propagea loin dans l'atmosphère, répandant une clarté qui illumina la campagne sur une dizaine de kilomètres.

L'onde de choc atteignit le Huey qui fut ballotté de toutes parts pendant plusieurs secondes et Bolan dut jouer du manche et du palonnier pour rétablir l'équilibre compromis. Lorsque les turbulences eurent enfin cessé, il put contempler l'étendue des dégâts. Le bush brûlait dans un périmètre à peine croyable. Des véhicules continuaient d'exploser çà et là, petites lueurs insignifiantes comparativement au désastre global. Des torches humaines couraient un peu partout à la périphérie de la zone en feu. Il leur balança coup sur coup quatre roquettes qui jaillirent comme autant d'oiseaux de feu et firent taire les cris des blessés, les plaintes des agonisants.

Puis il piqua vers le sol et effectua un rapide passage en rase-mottes au-dessus des véhicules que leurs conducteurs avaient arrêté à temps, loin de la zone sinistrée. Mais il n'appuya pas sur la commande mortelle. Le menu-fretin ne l'intéressait pas, il lui fallait retrouver l'oiseau de proie en fuite vers le sud. Il tira graduellement sur le manche à balai.

Lorsqu'il eut atteint l'altitude de huit cents mètres, il stabilisa le Huey, sentant une douce pression sur ses épaules et un souffle chaud contre son visage.

— Arrêtez, Mack. Je vous en supplie... Je...

Il se détourna un instant pour observer le visage venu tout près du sien, grimaça.

— Je n'ai pas fini, répondit-il.

— C'est affreux.

— Je n'ai jamais prétendu le contraire. Alors fermez les yeux et serrez les dents, Linda.

Elle se laissa tomber sur le siège du copilote, le visage tendu mais les yeux bien ouverts.

— Flèche appelle Condor! clama soudain la radio. Répondez! Je veux une protection.

Il y avait des accents de panique dans la voix tremblotante. Bolan augmenta la vitesse de son appareil, fouillant du regard le ciel de nouveau sombre. Brusquement, le Piper Arrow lui apparut à moins de cinquante mètres.

— Où êtes-vous, Condor?

— Je suis là, dit enfin Bolan.

— Où?

— Derrière toi, Tony.

Après un court silence, le récepteur laissa échapper une sorte de gémissement puis crachota :

— Qui... qui êtes-vous? J'exige que vous... vous...

— Tu n'as plus rien à exiger.

— C'est... pas vrai! Bo...Bo...

— Bolan, ouais. Dis au revoir au Veau d'or, Tony.

— Salaud!

Le Huey décrivit une large courbe qui l'éloigna temporairement du petit appareil, piqua ensuite sur sa proie. Durant un très court instant, malgré l'obscurité, l'Exécuteur crut apercevoir un visage dilaté par l'horreur, des yeux exorbités et une bouche ouverte dans un hurlement de terreur.

Mais ce n'était sans doute qu'une impression. Une fusée gicla sous la carlingue du monstrueux insecte de métal, fila sur son objectif, et l'image démentielle disparut dans une apothéose de feu.

Bolan laissa échapper l'air trop longtemps contenu dans ses poumons et se repéra pour rejoindre la sucession de dunes qu'il avait dépassées de plusieurs kilomètres. Au terme d'un virage serré, il se posa à proximité du Piper Warrior, coupa le contact et le ronflement du Huey décrut dans une sorte de plainte lugubre.

— Venez, dit-il d'un ton désincarné à la jeune femme assise à la place du copilote. On rejoint nos lignes.

Il ne sut jamais si elle avait compris ce qu'il avait voulu lui dire. Il se sentait dans un état d'esprit épouvantable, la fatigue lui parcheminait le visage et ses muscles lui semblaient tétanisés.

Dans une sorte de brouillard, il s'aperçut qu'elle pleurait, de grosses larmes coulant sur ses joues.

— Venez, répéta-t-il en la prenant par la main pour l'obliger à se lever.

Le monstrueux rotor tournait encore en roue libre quand ils quittèrent l'appareil.

ÉPILOGUE

Après un laps de temps indéfinissable, alors que le frêle avion de tourisme survolait un village piqué de lumignons, Linda Davies poussa un petit soupir et déclara avec une étrange assurance :

— Nous devrions nous arrêter à Miling, mettez le cap au 280.

— Pourquoi Miling? demanda-t-il.

— J'ai des amis là-bas. Ils ont une vraie ferme avec des chevaux et des vaches. Il y a des poules, aussi. Nous pourrons y passer le reste de la nuit. Croyez-vous que nous pourrions débarquer sur l'aéroport de Perth dans cet accoutrement?

Il portait toujours sa combinaison de combat et son armement individuel. Il était crasseux, souillé de poussière, de sang séché, et il sentait la poudre brûlée. Lui jetant un coup d'œil latéral, il observa le treillis deux fois trop grand pour elle, sa joue tuméfiée, l'ecchymose sur son menton, et il eut un petit rire.

— C'est peut-être une bonne idée.

— C'est sûrement une bonne idée.

Il fit virer l'appareil pour prendre le cap 280. Vingt minutes s'écoulèrent encore sans qu'ils prononcent la moindre parole. Des images de violence, des hurlements emplissaient la tête de Bolan dans un tournoiement douloureux. Il respira à fond, plusieurs fois, et s'obligea à diriger ses pensées.

S'il avait effectivement bousillé le carrousel des amici, il restait néanmoins encore des pions en piste. Des pions secondaires mais qui pouvaient tout remettre en question si d'autres chacals aux doigts crochus se mettaient en tête de restaurer et de faire repartir le manège infernal. La corruption était trop bien installée à Perth et, sans aucun doute, dans les autres grandes villes du littoral australien. Il y avait aussi un laboratoire clandestin dont il fallait découvrir l'emplacement, des filières à briser, des... Merde ! Ça n'avait pas de fin. Ça n'avait pas de sens non plus.

L'Exécuteur ne pouvait faire confiance à une police partiellement corrompue. Seulement, la tâche était trop importante pour un seul homme, fût-il le mieux informé sur l'univers souterrain des malfrats. Mais il avait une idée sur la façon de résoudre la difficulté. Perth comportait des chaînes de radio et de télévision, des journaux. Il y aurait sûrement des hommes et des femmes intègres capables de terminer l'opération définitivement. Avec un petit coup de pouce... Alors la

Terre promise des cannibales deviendrait sans aucun doute une terre accueillante pour les honnêtes gens.

— Miling est à dix kilomètres devant nous, annonça soudain la jeune femme comme si elle sortait d'un rêve. On en voit déjà les lumières.

Puis, après un soupir un peu saccadé :

— Qu'avez-vous en tête, Striker? De quelle façon évacuez-vous le problème?

— Il n'y a plus de problème.

— Oui, ça me paraît évident. Pour ma part, je ne vois pas encore de solution, je crois que je ne pourrai jamais plus vivre comme avant.

— Vous oublierez. On oublie toujours ce qui fait mal.

— Striker…, fit-elle d'une voix tendue après un long silence.

— Oui?

— Savez-vous ce que je voudrais?… Je voudrais que vous me preniez dans vos bras, que vous m'emmeniez loin d'ici et que…

S'interrompant, elle se mordit les lèvres.

— Mais vous vivez dans un monde affreux. Je crois vous l'avoir déjà dit.

— En effet.

— Peut-être pourriez-vous m'aider à guérir…

— C'est vous le médecin!

— Mais c'est vous qui êtes le spécialiste. Il suffirait sans doute d'un rien…

— Ouais, je vois. Laissez tomber Striker. Oubliez le monde dans lequel il vit.

Elle eut un rire joyeux.

— Alors... Mack ?

Ses intonations lui firent chaud au cœur, brusquement. Et les premières lumières de Miling lui apparurent comme un bouquet d'étoiles sur son horizon incertain.

Mais le combat de
Mack Bolan continue...

— Bordel! On en a sûrement pour la nuit.

Assis près du chauffeur, le balèze au crâne rasé ne répondit même pas. Occupé à se curer les dents avec une allumette, il se contenta d'émettre un vague grognement. Que la réunion des huiles dure la nuit ou non, lui, Gino *il Campione*, il s'en fichait complètement. Les pensées perdues dans le souvenir sirupeux de la grosse pute qu'il s'était envoyé la nuit précédente, l'ex-catcheur laissait le regard de ses minuscules yeux noirs errer sur la masse allongée de la bâtisse située au bout du chemin : l'auberge de Frattini. Un établissement de seconde zone, situé en pleine montagne, à soixante bornes de Palerme, et qui ne survivait que grâce au tourisme d'été. L'automne était maintenant bien avancé et Frattini n'ouvrait plus que le week-end. Et encore. L'ancien flingueur se faisait vieux et le boulot le fatiguait.

— Je te dis qu'ils vont y coucher, dans cette merde de baraque! soupira derechef le chauffeur en s'agitant sur son siège.

— Fais pas chier ! gronda l'imposant Gino. T'es pas tout seul à t'emmerder.

Invisibles dans la nuit, il y avait une demi-douzaine de bagnoles, avec des mecs à l'intérieur qui attendaient que ça passe.

— Et arrête d'appeler l'auberge de Frattini « cette merde de baraque », ordonna Gino. Sa taule, il l'a payée, Fratti. Au moins cinq cents contrats.

Gino et Frattini s'étaient connus sur le tas et le colosse détestait qu'on traîne ses anciens équipiers dans le caniveau. Surtout un flingueur de la valeur du vieux Fratti.

Deux fois moins lourd et deux fois plus jeune aussi, le blanc-bec qui tenait le volant ravala sa rogne. Lui, c'était ce soir qu'il aurait dû tirer son coup. Peut-être deux. Des minettes british en cure d'exotisme, rencontrées dans un bar de Palerme. Une pas trop tarte, et l'autre carrément cageot. Mais le jeune Tonio n'était pas regardant. Toujours remonté, prêt à fonctionner.

— D'abord, reprit *il Campione* de sa grosse voix râpeuse, ils vont sûrement pas tarder. Les grosses têtes, ça s'éternise jamais. Et puis...

— Pas bouger.

La voix avait éclaté à l'oreille droite de Gino, tandis qu'une chose dure et glacée s'était rivée à sa tempe. Autour de la Thema, la nuit résonna de bruits insolites et le jeune Tonio sursauta derrière son volant et s'exclama d'une voix blanche :

214

— Qu'est-ce que...

— On ne bouge pas ! insista la même voix à l'adresse du chauffeur.

C'était une voix lourde. Bien trop lourde pour songer à lui désobéir.

Le jeune Tonio pensa que c'était râpé pour l'avancement. Toutes les huiles réunies ce soir dans l'auberge auraient du mal à oublier que leurs *soldati* s'étaient fait piéger comme des enfants. Et puis il réalisa que sa carrière n'avait plus d'importance car la voix qui venait de claquer dans l'habitacle avait le son lugubre de la mort...

Lisez « Les contrats siciliens »

en vente partout le

12 mars 1993

DÉJÀ PARUS

Composé sur Euroserveur, à Sèvres
Achevé d'imprimer en février 1993
sur les presses de la Société Nouvelle Firmin-Didot
à Mesnil-sur-l'Estrée (Eure)

- N° d'imprimeur : 23542 -
- N° d'éditeur : Ex. 107/B -
Dépôt légal : février 1993
Imprimé en France